本书出版得到文化和旅游部"全国《格萨(斯)尔》非物质文化遗产统筹保护、传承与研究"项目的资助

格萨尔博士文库

诺布旺丹 ◎ 主编

《格萨尔》史诗传播社会学研究

王景迁 著

中国社会科学出版社

图书在版编目（CIP）数据

《格萨尔》史诗传播社会学研究/王景迁著.—北京：中国社会科学出版社，2022.6

（格萨尔博士文库）

ISBN 978-7-5227-0113-4

Ⅰ.①格… Ⅱ.①王… Ⅲ.①藏族—英雄史诗—文化传播—研究—中国 Ⅳ.①I207.22

中国版本图书馆 CIP 数据核字（2022）第 066697 号

出版人	赵剑英
责任编辑	张 潜
责任校对	党旺旺
责任印制	王 超

出　　版	中国社会科学出版社
社　　址	北京鼓楼西大街甲 158 号
邮　　编	100720
网　　址	http://www.csspw.cn
发 行 部	010-84083685
门 市 部	010-84029450
经　　销	新华书店及其他书店

印　　刷	北京君升印刷有限公司
装　　订	廊坊市广阳区广增装订厂
版　　次	2022 年 6 月第 1 版
印　　次	2022 年 6 月第 1 次印刷

开　　本	710×1000　1/16
印　　张	10.75
插　　页	2
字　　数	180 千字
定　　价	58.00 元

凡购买中国社会科学出版社图书，如有质量问题请与本社营销中心联系调换
电话：010-84083683
版权所有　侵权必究

宗教传统或多或少都提醒我们正襟危坐，聆听《圣经》，而非把它当作故事般欣赏。然而，很矛盾的是，你愈能用欣赏故事的闲适心情来读《圣经》故事，你愈能感受《圣经》的真义，感受神、人之间的氛围，感受那危急存亡之秋的历史领域。

——罗勃·亚特《〈圣经〉的叙述艺术》

序

建立中国史诗学的现代诗学研究范式史诗传统往往是一个民族文化的丰碑和文学的高峰。中国具有形态各异，蕴藏丰富的史诗传统。但是，中国史诗学的研究不仅起步晚，而且在一段时间内长期裹足不前。其主要原因是研究方法陈旧，研究范式单一。比较而言，综观西方人文学术史，西方学界对史诗的研究由来已久，历经两千多年。从古希腊到古典主义诗学，再到20世纪的"口头诗学"，研究范式的不断转变使西方史诗研究一次又一次取得革命性的突破。

史诗研究分史诗研究和诗学研究两种，史诗研究所牵涉的是史诗本体或叙事文本研究，主要探讨的是"是什么"的问题，脱胎于以文本为中心的本质主义研究范式，学界通常对它的诟病即是切断了文本与语境的共时性勾连，也断送了与相关学科进行横向比较的前途，遮蔽了史诗研究的全观性视野。而以口头诗学理论代表的诗学研究，则关乎建构特定方法论指导下的诗学的法则，如诗学的规律理论，思维方式、知识体系等。主要探讨"为什么？""如何"的问题。它源于建构主义研究范式，这一研究范式则认为，意义是"因关系而定的"。就拿文学文本来说，认为文本处于诸多要素关联（语境）之中的关联性和相对性概念。超越了文本中心主义，把原来作者和文本的关系转化为文本和读者的关系。过去我国的史诗研究长期以来对史诗研究的关注多于诗学研究，因此，在建构中国史诗学的话语体系、学术体系和学科体系方面举步维艰。

当然史诗研究和诗学研究不能截然分开。因为讨论史诗研究总会牵涉许多诗学的内容。诗学研究也必牵涉史诗研究中的概念、范畴、命题、术语和语言等范式等问题。当下，对于中国史诗学来说，比较完美的研究范式便是二者的有机结合。但就藏族史诗《格萨尔》而言，由于20世纪30年代以来，一直到20世纪末，在史诗研究方面取得了丰硕的成果，在对《格萨尔》发展的历史脉络、文类性质、文本内涵、叙事特点、审美特质等的探究和对篇幅规模的梳理、流布地域范围的摸索、艺人的类型的认定等方面取得很大成就，发布了一批相应的学术成果，翻译了一批重要的史诗文本。发现了一批优秀的艺人并吸收到国家的相关部门，专门从事说唱职业，开启了《格萨尔》史诗演述的职业化道路。相反，直到21世纪初，在诗学研究或诗学体系、诗学法则的建构方面显得力不从心，鲜有作为。因此，从史诗研究向诗学研究的转变，从本质主义研究范式向建构主义研究范式的转变成为迫在眉睫的任务。

诗学研究涉及的不仅仅是"口头诗学"所涉及的有限领域，还涉及史诗的认识论或诗学哲学，包括史诗的价值理性、思维形态、人文思想等，因此，它所研究的最终成果是一种"诗学观"。以认识论的方式来研讨诗学问题，使诗学又形成了"批判分析的诗学"，将诗学的主体性元素和主体性作用纳入到研究的范畴，从而就会发现更大视野上的诗学观。正如以往的《格萨尔》史诗研究，自然受到了青藏高原特殊环境下形成的藏文化传统学术的桎梏，这种传统直到近现代，一直围于前现代学术的藩篱中。在一种主张主客观浑然不分的非理性、诗性思维方式的框架下运行，与理性、批判性和分析性的现代学术形成了鲜明对比。因此，方法论的前现代向现代性的转型是格萨尔诗学研究面临的另一重大课题。

自20世纪80年代以来，结构主义思潮下的语言学、民俗学、神话学、新历史主义、阐释学、艺术人类学、民族志学以及口头诗学等新型学科的理论和方法，不断被介绍到中国，在史诗研究及其学术实践中越来越发挥了重要的作用。尤其是自2009年《格萨尔》和《玛纳斯》被列入人类非遗名录以降，从概念到研究范式、再到学术实践都与国际学界开始了全面的对话和接轨。由中国社会科学院文史哲学部主办，中国社科院民族文学研究所承办的每年一届的"国际史诗讲习班"，从世界各地招贤纳士，一批国际一流的学者为讲习班授课，为中国的史诗界带来了新鲜的学术空气，促进了中国史诗学与国际学界的对话。2017年，《格萨（斯）尔》、《江格尔》和《玛纳斯》，凭借自身的学术资源优势和学术影响力，被列为中国社会科学院重点优势学科"登峰战略"计划。以《格萨尔》为例，在中国相关大学和研究机构均开设了格萨尔学科专业，为格萨尔研究积累人才储备。在这种语境下，新的学术理念与学术成果不断涌现，从政府、学界到民间形成了多重、多结构和多样化的《格萨尔》文化的传承和保护局面。《格萨尔》在理论建设、人才储备和成果的推出等诸多方面呈现了新的起色，尤其在学科转向和学术范式转换方面呈现出勃勃生机的局面。学术范式的转换集中体现在如下几个方面：对于格萨尔史诗的认知从"作品"逐步跨越到"文本"；对其研究方式从"叙事"转向"话语"；研究对象从"史诗本体"渐次转向"史诗语境"方面；研究视角从"书面传统"转向"口头传统"。

综上所述，如果对格萨尔史诗的研究建立一种理想的范式，无非是要一改传统的本质主义和史诗研究的路向，以艺人、文本和语境三要素为本体，进行跨学科对话和同类学科间的横向比较，建立本质主义和建构主义相结合的方法论，进而进入"分析、批判的诗学"层面，形成一种哲学的诗学观反观格萨尔诗学研究。这样，才能够让我们明白：作为人类非物质文化遗产的格萨尔史诗传统到底能够做什么，不能做什么，它该做什么，不该做什么，我们能够期待它做什么，不能期待它做什么，也才能助力构建具有中国特色的中国史诗学学术体系、话语体系和学科体系。

《格萨尔博士文库》共收录了五种专著，分别由21世纪以来获得博士学位的学者撰写，他们不仅在格萨尔史诗研究方面具有精深的造诣，而且系统接受过现当代前沿学科的训练，无论在文字表述和内容的展示上，还是在研究的方法和视角上，均体现了在格萨尔史诗研究新范式的探索方面所做的尝试和努力，具有一定的示范意义。这也是我们辑录出版本丛书的初衷。

诺布旺丹

2021年5月28日于中国社会科学院

目　录

绪　论 ……………………………………………………………（1）

第一章　《格萨尔》史诗的传播者研究 ……………………（11）
　　第一节　普通传播者 …………………………………………（11）
　　第二节　职业传播者 …………………………………………（22）
　　第三节　对说唱艺人传播行为的控制 ………………………（38）
　　本章小结 ………………………………………………………（49）

第二章　《格萨尔》史诗的内容研究 ………………………（51）
　　第一节　史诗内容的传播学特性 ……………………………（51）
　　第二节　故事情节的变异 ……………………………………（64）
　　第三节　人物形象的刻画——以格萨尔为中心 ……………（71）
　　本章小结 ………………………………………………………（74）

第三章　《格萨尔》史诗的主题传播变异研究 ……………（75）
　　第一节　主题研究的现状 ……………………………………（75）
　　第二节　主题变异研究 ………………………………………（77）
　　本章小结 ………………………………………………………（92）

第四章　《格萨尔》史诗的受众研究 ………………………（94）
　　第一节　受众群体特征 ………………………………………（94）
　　第二节　受众的动机 …………………………………………（99）
　　第三节　受众的选择性接受 …………………………………（107）

本章小结 …………………………………………………… (111)

第五章 《格萨尔》史诗的传播效果研究 …………………… (112)
第一节 史诗传播效果的含义 …………………………… (112)
第二节 传者、内容与传播效果 ………………………… (115)
第三节 传播技巧与传播效果 …………………………… (116)
第四节 传播对象与传播效果 …………………………… (135)
第五节 受众个性与传播效果 …………………………… (143)
本章小结 …………………………………………………… (147)

第六章 多维理论视域下的《格萨尔》史诗传播效果研究 ……… (149)
第一节 "议程设置论"的视角 ………………………… (149)
第二节 "沉默的螺旋"理论的视角 …………………… (150)
第三节 "培养"理论的视角 …………………………… (153)
本章小结 …………………………………………………… (155)

参考文献 ……………………………………………………… (157)

后　记 ………………………………………………………… (160)

绪　　论

一　本选题国内外研究现状述评

与本研究相关的学科涉及文学、文化人类学、传播学与社会心理学等学科领域，涉及《格萨尔》总体研究、《格萨尔》艺人研究及《格萨尔》内容研究等主要问题，现就相关问题进行学术综述。

(一)《格萨尔》总体研究现状

国外学者对史诗的研究早于国内学者，并逐渐形成了西方与东方两大学派。我国政府十分重视《格萨尔》史诗的发掘整理与保护，尤其是改革开放以后，《格萨尔》史诗研究取得了突飞猛进的进展，其中降边嘉措、杨恩洪、王兴先、角巴东主等先生的成果尤为突出，《格萨尔论》(降边嘉措)、《〈格萨尔〉艺人研究》(杨恩洪)、《〈格萨尔〉学论要》(王兴先)等论著先后出版，此外丹珠昂奔与诺布旺丹等学者也在格学的相关领域做出了重要贡献，彻底改变了"史诗在国内，研究在国外"的尴尬局面。

当前，格学界的研究具有以下特点：首先，格学研究涉及的学科范围越来越广，研究越来越深入，由最初的文本研究发展到现在史学、人类学、文化学、艺术学、传播学、产业经济学等领域，越来越多的具有多学科背景的研究者进入这个领域，大大推动了史诗的跨学科研究。有些学者的研究专业化倾向越来越强，南开大学的王宏印教授从翻译学的视角探讨《格萨尔》的外译问题，并发表论文《集体记忆的千年传唱藏蒙史诗〈格萨尔〉的翻译与传播研究》，他认为，以往我国翻译史的书写对民族口头文学着墨不多，对《格萨尔》的英译研究有助于重写中国翻译史；此外，我们关注的不是对《格萨尔》英译文本单一维度的扫描与静态摹写，而是将其置身于文化人类学的视域下，对不同交际时空内的译本及其相互关系进行研究。这类探讨既扩大了研究领域，也扩展了史诗的传播空间。

其次，老一辈学者以田野工作与史诗的抢救、整理作为工作重点并进行了相关研究，为后学的探讨积累了丰富的研究素材与理论背景。比如，法国著名藏学家石泰安教授的《西藏史诗与说唱艺人的研究》、国内著名格学家降边嘉措先生的《格萨尔论》等一批经典著作先后问世，并且成为标志性研究成果，在藏学界引起很大反响，这些都属于史诗的传统研究。此外，一些后起之秀也建树颇丰，一些年轻学者开始尝试运用现代理论多视角地阐释古代经典。河南大学的年轻学者王银辉从比较文学的视角对东西方古代经典文学作品中的人物形象进行比较研究，写就《格萨尔王与耶稣之人物形象研究》一文，并认为不同民族塑造出来的神性人物包含着各自的特殊性，这些特殊性则从深层次反映了不同民族迥异的民族传统和民族精神。有的年轻一代学者则从音乐学的角度对史诗中的音乐传播问题进行探讨，仓央拉姆的论文《试论藏族史诗〈格萨尔〉说唱音乐的传播方式及其特点》即属此类。为格学研究注入了新鲜血液，体现了格学发展新动向，尽管略显粗糙，但不乏探索精神。格萨尔学发展史正是由老一代学者与新生代力量共同构建而成。

再次，近年来，对当代《格萨尔》文化新事物的研究越来越多，这是当代格学发展的最新动态，主要表现在对阿来《格萨尔王》小说的文学批评及对格萨尔文化产业的研究上。梁海在《神话重述在历史的终点——论阿来的〈格萨尔王〉》如是评论道，阿来在重述神话中，让我们回溯历史的轨迹，走在"编年体"之外的另一个空间去触摸藏民族民间文化的印记，并用现代性来观照、反思人性的复杂。坚赞才让在《格萨尔文化遗产的保护与发展思路》一文中指出，对史诗文化的保护与开发要共同进行，在开发（以）格萨尔文化为主体的旅游业时，我们应统筹考虑，有效整合格萨尔文化资源。这些学者对史诗在当代发展中遇到的新问题、新事象进行了关注。史诗在当代的发展既面临困境，也存在机遇，青年学者既兴奋，又忧虑。如何使传统文化适应当代社会，使其找准在时下社会发展与精神建构中的准确位置，是这些学者所关心的。他们还尝试性地给出了"良方"，这也体现了新一代学人的历史责任感。

总之，《格萨尔》史诗研究的总体特点表现为：在研究对象上，由艺人、文本到文化现象；在研究领域上，由宽泛到精深；在研究路径上，由描述性研究到探索性研究。历代学人的努力终将格学研究推动成为世界"显学"。

(二) 格萨尔艺人研究

艺人研究一直是格学研究的重点，然而该研究从时间上来看却晚于史诗文本的研究。这主要是因为艺人与百姓具有相同的生活经验，艺人的特殊性研究并没有引起学者的关注，史诗文本从一开始就成为格萨尔学研究的重点。虽说后来也有一些文章发表，但也多属于描述性研究的范畴，虽说精深不够，但也为以后学者的研究做了铺垫。直到20世纪60年代，法国学者石泰安教授写就了鸿篇巨著《西藏史诗与说唱艺人研究》，这部作品既是《格萨尔》艺人研究的开创之作，也是格学西方学派的扛鼎之作。书中涉及艺人的来源、类型、服饰、道具及史诗的社会功能等方面，资料详尽，而且提出了一些颇具争议性的问题，正是这些问题刺激并开启了我国格学研究的新时代。

我国研究《格萨尔》艺人的学者当首推中国社会科学院的杨恩洪研究员，她的著作《民间诗神——格萨尔艺人研究》论述了说唱艺人在史诗产生、发展、传播及变异过程中所具有的重要作用，对已知的百余位艺人进行了分类研究，对其中的托梦神授现象以及历史唯物主义的世界观及方法论从心理学、人类学的角度进行了剖析，说明在藏族传统文化社会全民信教的氛围中，生活在史诗传播环境中的人们，用大脑记忆长篇史诗（并世代口头传承）的可能性。此外，作者还论述了口传史诗向书面史诗发展的必然趋势，即与世界其他史诗一样，《格萨尔王传》的口头传播方式终将被书面形式所替代，从而说明艺人存在的价值和抢救史诗及艺人的重要意义。

近些年，又出现了一些年轻艺人，研究者多将注意力集中于对这些说唱艺人进行描述性研究，更为深层次的探讨较为缺乏，但相关田野资料还是为本研究提供了丰富的素材。

总之，前辈学者的艺人研究依然遵循田野调查、文献研究的人类学研究范式，并结合心理学的相关理论进行探讨，达到了很高的研究水平，为以后的研究奠定了理论基础。

《格萨尔》史诗的传播作为一个完整的过程，涉及多个传播环节，艺人研究只是史诗传播研究的一个领域，为了能够对史诗的传播有更为全面的认识，自然也应该对传播过程中的其他环节进行研究。因此，将《格萨尔》史诗的传统说唱活动作为一种普通的传播活动置入现代传播理论的视域下进行探讨，将有较大的研究空间。这种探讨完全不同于以往的研究模式，前者突出了史诗说唱活动的一般性，而后者则有意识凸显《格萨尔》传播活动的特殊性。

以往的艺人研究普遍是从艺人的角度来研究艺人自身，缺乏对其所受到的各种控制因素的考察，这样就给人造成一种假象，即艺人拥有传播的决定权，这显然与事实不符。因此，为了扭转这一认识，学者们从多角度、多因素入手进行研究显得尤为重要。

(三)《格萨尔》内容研究

内容是史诗传播的核心部分，史诗的内容研究相对来说起步较早。探寻史诗主人公格萨尔的"原型"是内容研究的最早切入点，也一直是研究者关注的重点。既往研究主要有三种观点：第一，历史人物说，主要以王沂暖、任乃强等先生为代表。王沂暖先生认为格萨尔是宋初居于青海东部之唃厮啰，上官剑壁同志则认为"岭·格萨尔"就是"林·格萨尔"，是四川德格林葱土司的祖先，而任乃强先生则认为格萨尔王兼具上述两种身份。第二，外族说，主要以法国著名藏学家石泰安为代表。石泰安教授认为格萨尔王就是西方的凯撒大帝，还有的学者论证格萨尔王就是成吉思汗或是汉族的关圣帝。第三，先有模特儿后有文学形象说，降边嘉措与黄灏等学者主张此说。目前，关于格萨尔"原型"的探讨还在继续。

早期学者并没有对史诗的主题思想有什么特别关注，因为那个时候的知识界人士主要是僧人，他们对史诗进行的"改造"也是在"悄悄"进行的，他们也无意将自己的"隐秘行为"披露出来。学者们真正关注史诗的主题，还是在新中国成立以后，在主流价值观的引领下，一些学者对史诗的主题做了各种解读。有的学者就认为史诗的主题是"为了正义，为了除暴安民，他的矛头不是针对人民，而是直接指向一切敢于残民以逞的社会反动统治者及其万恶的化身——妖魔鬼怪"。这种评价还是客观公允的。"文化大革命"期间，史诗也被当时的主流意识形态指责为"封建毒草"。"文化大革命"以后，史诗的发展再次迎来了春天，对其主题的评价也越来越多元化。王兴先先生认为"抑强扶弱、为民除害"是史诗全部思想内涵的基础，崛起奋发的民族精神是史诗的思想灵魂，爱国统一的思想是史诗的主旋律，"抑苯扬佛"是史诗的宗教思想倾向。降边嘉措先生则认为史诗的思想内容体现了对真、善、美的执着追求；对人的价值的自我认识和自我肯定。实际上对史诗的认识一直受到政治文化等因素的影响，开放的社会文化环境使得史诗的主题研究呈现"百家争鸣"的形态。

还有些学者对诗中的人物形象进行了深入探讨。最为系统的研究成果当属吴伟先生的著作《〈格萨尔〉人物研究》，她从人物的系统结构、性格、原型与十几个人物入手，从专论纵横两个方面多角度多层次地展开了较为全面的、新的视角的、深入的综合研究。杨恩洪先生认为史诗塑造了一批从语言、活动到性格均有鲜明特征的正、反面人物，毫无雷同化、模式化的感觉。因此，这些史诗人物的事迹得以广泛传播，成为千古不朽的形象。

此外还有学者对史诗的情节结构、创作方法与艺术特点也进行了研究，在此不再赘述。

内容分析是史诗传播研究的重要组成部分，以往探讨都普遍忽视了传播学意义上的传播技巧研究，对于内容进行主题学的探索也略欠火候。受当时社会发展程度的影响，这也无可厚非，但不可否认的是前辈们的早期探索为我们如今的深入研究奠定了重要基础。

总之，既往的国内外学者的相关研究成果较为丰富，看似几无遗漏，然而如果将史诗放置于传播学的系统理论范式下观察，就会发现还有一些"盲点"值得深入探究。

二 本选题的研究意义

第一，本研究为《格萨尔》史诗的传播研究提出了一个新的范式，试图改变以往就事论事、就人论人的研究范式，将史诗的传播研究从人类学、史学的领域中解脱出来，将其真正置于属于自己的理论范式与领域中来，因此本研究具有一定的学术意义。

第二，本研究借助传播学的相关理论对《格萨尔》史诗的传播活动进行系统梳理，该研究借助现代传播学理论来诠释传统口头经典具有一定的挑战性，以往少有人涉及，因此该研究对于丰富学科内容、优化学科结构具有一定的促进作用。

第三，以往有些格学研究者往往出于对少数民族传统文化的热爱，有意识突出《格萨尔》史诗的特殊性与民族性特征，然而史诗的伟大之处绝不是个别研究者的一厢情愿，而是要以公认的标准"衡量"出来的，只有这样，对史诗的评价才能相对客观公允，本研究即是一次借助现代理论从微观处着手的有益尝试。

三 研究的主要内容

本研究以拉斯韦尔所提出的"5W"传播模式中所涉及的五大要素作为主题构架，据此，本文的主要内容包括《格萨尔》史诗的传播者研究、内容研究、受众研究与传播效果研究四大内容，具体分为六章来论述。

第一章《格萨尔》史诗的传播者研究。本章主要涉及史诗的普通传播者研究、职业传播者研究及职业艺人所受到的内在与外在的制约因素。

（一）早期巫师、普通农牧民与"疯僧"构成了史诗的普通传播者，他们主导了史诗的早期传播过程。

（二）职业传播者是从普通传播者中脱颖而出的佼佼者，随着史诗发展的日趋成熟，普通传播者逐渐退居幕后，主要以受众群体的角色出现，而艺人成为传播活动的真正主导者，自此，史诗传播终于走上了职业化道路。一个成功的职业传播者必须具备三个方面的基本特征：首先，他们的说唱内容与形式契合了人民大众的审美诉求；其次，说唱过程是自主性与规约性的结合；再次，必须具有较高的知名度。职业说唱艺人担负了收集与加工信息、传递信息、反馈信息及依据反馈修正自己行为的任务，"把关人"的影子出现在每个环节中。

（三）艺人的说唱活动受到来自政治、经济与宗教的控制，其自身对行业规范及传统的尊重也会影响艺人的传播活动。

第二章《格萨尔》的内容研究。本章涉及史诗内容的传播学特征、故事情节的变异及人物形象刻画三个方面的内容。

（一）从信息论的观点来看，《格萨尔》史诗的内容是由一个庞大的信息库构成的，因而也就具有了作为信息的共同属性，然而又有自己的独有特征。信息综合性、价值共享性与信息系统的开放性是信息的一般属性，而通俗性与娱乐性则是史诗内容的独有特征。

（二）以发展阶段与版本类型不同的三个史诗文本作为研究对象，考察史诗情节在传播过程中的变异情况。由于社会历史发展进程及人文背景的不同，相同情节在不同版本中也具有了不同的表现方式。

（三）为了吸引受众，艺人总会极力塑造诗中人物的形象。由于本研究遵循的是传播学的研究范式，因而仅选择了核心人物格萨尔作为典型进行剖析，以便对此有个总体了解。史诗发展越成熟，人物性格整体越趋于立体化。

第三章《格萨尔》主题传播变异研究。本章涉及《格萨尔》史诗中主题研究现状及史诗中的四大主题：一是抑强扶弱主题；二是佛、苯宗教主题；三是汉、藏关系主题；四是爱国主义主题。史诗的主题具有层次性，不能一概而论。《格萨尔》史诗具有什么样的主题，应该视本子不同而对史诗主题单独表述。借助主题学的研究方法，笔者认为史诗的主题层次如下：降妖伏魔、为民除害→抑强扶弱→反抗侵略与爱国主义→汉、藏友好关系。不同层次的主题与《格萨尔》发展的特定历史时期具有同构性，是一种历史主义的提高与升华，每一次主题的升华都是史诗现实主义的凸显。史诗主题层次的发展即是客观现实的反映，也是现实的需要。

第四章《格萨尔》受众研究。本章主要涉及史诗的受众类型及特征、受众动机与对说唱活动的选择性接受。

（一）普通百姓与普通僧人构成了史诗最为庞大的受众群体，他们不能随意选择自己的解说活动；而那些贵族、官僚及高级僧侣由于特殊的政治身份与雄厚的经济条件，能够随意左右说唱活动，甚至可以长期"垄断"一位艺人。受众群体具有共同的主要特征：广泛性、阶级性、宗教性、分散性、流动性与传受者位置的互换性。

（二）受众往往会出于消遣娱乐、满足信息需求、满足心理需求与人际交往的需要而主动参与史诗的传播活动。在传统口头活动中，受众群体也具有一定程度的主动性，更主要的是体现在对接受信息的反馈上，又进而影响艺人的编创与传播活动。受众群体具有选择说唱部本的自由，还能对内容进行选择性解释与选择性记忆。

第五章《格萨尔》史诗的效果研究。本章主要论述了传播者、传播内容、传播技巧、传播对象、受传者个性与传播效果之间的关系。

（一）史诗中广泛应用了"一面提示""两面提示""恐惧诉求"及神圣烘托法等方法来加强传播效果。

（二）受众群体中的意见领袖可以加强或发起史诗传播活动，受传者个人的群体归属意识对于传播效果也有一定的影响。一般来讲，群体归属意识强的人更容易接受与之既有文化价值观相一致的信息。

（三）即使相同的内容，不同的受传者也往往会因为其个性差异对接受活动有着不同的心理倾向。由于文化水平、社会地位及宗教信仰等方面的差别，受众群体对说唱地点与环境也有选择性偏好。此外，受传者的"自信心假说"也可解释史诗在藏族地区长期流传的原因。

第六章多维理论视域下的《格萨尔》传播效果研究。本章运用传播学中的议程设置论、沉默的螺旋理论及培养理论阐释史诗传播效果的内在机制。

（一）躲藏在传播活动背后的宁玛派僧人通过置入史诗佛教内容，有意识提升佛教的正统地位与合法性，本身就是一种"议程设置活动"。宁玛巴通过"议程设置"在受众群体周围塑造了一个拟态的信息环境来左右受众的接受活动。

（二）"沉默的螺旋"理论为我们揭示了佛教是如何借助《格萨尔》传播活动来拥有巨大信众群体的。佛教思想与价值观通过史诗传播逐渐占有了舆论优势，而那些摇摆不定的人就会出于担心陷入"舆论孤立"而"悄悄"附众。而舆论优势的获得也是构建出来的。

（三）史诗由于其自身的优势，被宁玛巴选为承担"培养"社会共识的文化武器，"培养理论"则从社会建构的角度揭示了史诗是如何通过塑造社会"共识"积极参与社会发展进程的。

四 本研究的基本思路和方法

本研究的基本思路就是以拉斯韦尔的"5W"模式来搭建总体结构，由于传统社会中传播媒介比较单一，故没有独设一章，相关内容在其他章节有所涉及。第三章与第四章都属于内容研究，第五章与第六章都属于传播效果研究，出于篇幅大小及内在逻辑关系的考虑，分别设为两章。每一章的内容都具有较强的内在逻辑关系，遵循了从宏观到微观的研究套路，对传播过程中的每一环节都进行了全面深入的探讨。

本研究以传播学、社会心理学与人类学的相关理论为指导，主要采取文献研究、比较、分析与归纳等研究方法进行研究，努力做到论点清楚，论据有力。

五　本研究的主要观点及创新之处

第一，理论有所推进。本研究属于基础性研究，将著名史诗《格萨尔》置入传播学的研究视域，试图从微观角度探索史诗传播活动的传播机制及普遍性问题，旨在说明史诗本身并不神秘，其传播活动依循普遍性规律。以往有些学者依据个案及田野资料刻意强调史诗的特殊性，增加了史诗的神秘感，给人们造成了一定误解，这容易导致两种后果：一是过度的神秘性会引起受众的暂时兴趣，但长远来看则不利于史诗的传播。正所谓《荷马史诗》为什么会传遍全世界，就是因为它没有神秘感可言。印第安人的口头文学固然神秘，然而世人了解者几何！二是过度的神秘性不仅限制了史诗的传播，而且不利于学术研究，降低了他文化背景的研究者进入《格萨尔》研究领域的可能性。从中国古典文学作品的发展情况来看，学术传播也是扩大文学作品影响的重要途径，因而研究者越多，传播力也就越强。

任何事物都不可能依靠神秘性来实现发展与完善，大凡神秘之物最终都会失去光彩。因此，本研究与以往有些刻意强化民族性与特殊性的研究不同，意在指出《格萨尔》史诗是一部"平凡的"伟大史诗，同时也遵循基本的传播学原理。一只"看不见的手"在左右着说唱活动的各个环节与传播单位，神秘之处只是附加了过多的民族性符号而已，是表象，不是本体。

只有将《格萨尔》史诗拉回到"平凡的世界"，才能彰显其伟大；只有遵循科学的研究范式，才能凸显其巨大价值。

此外，研究《格萨尔》的普遍性也是为了比较的目的，只有将不同史诗放在同一理论起点上进行比较，才能显出客观性，结果也更能令人信服。

第二，方法有所创新。本研究力图摆脱以往研究范式的束缚，遵循传播学的研究脉络，交叉使用了社会心理学、人类学、神话学、主题学、艺术学等领域的相关理论，从微观处着手，深入探讨史诗传播活动的机制及传播效果问题。此外，本研究为了使结论更为全面可信，没有过于依赖针对个案的田野资料，而是把以往文献作为主要资料来源。

第三，内容有所发展。

以往成果较少关注《格萨尔》史诗的普通传播者与特殊接受者，本研究对这两个群体进行了着重探讨。在论及史诗情节变异时，提出了"史诗体"的概念。《格萨尔》史诗体的变异主要涉及史诗的本体，既包括《格萨尔》的章、部的文本形态及版本关系，也包括史诗的篇幅大小与整体情节结构，当然也包括史诗题材的演变。本研究较为全面地论述了传播技巧、传播对象与受众个性对于传播效果的影响。此外，从群体归属意识与意见领袖等理论维度探讨史诗的传播效果，具有一定新意。

第 一 章

《格萨尔》史诗的传播者研究

传播者是指在传播过程中担负着信息的收集、加工任务，运用符号，借助或不借助媒介工具，首先或主动地向传播对象发出社会信息的一方，传播者既可以是单个的人也可以是集体或专门的机构。《格萨尔》史诗传统传播基本都是借助道具而进行的口头传播活动，除了职业艺人以外，还有广大的普通传播者也积极参与到史诗传播中去。

作为《格萨尔》史诗传播者的职业艺人，其产生经历了一个较为漫长的过程，这个历史甚至与史诗的形成过程一样复杂与久远。我们今天所说的《格萨尔》艺人已经属于职业传播者的范畴，那么在艺人产生之前以及在后来的流传过程中是否也存在普通传播者呢？这涉及对史诗的形成与发展各阶段的综合考察，从而能够进一步厘清格萨尔史诗普通传播者与职业艺人的来源、功能与职责。以往格学界较多关注《格萨尔》职业艺人的研究，而忽视了对史诗形成及流传过程中起重要作用的普通传播者的研究。实际上，普通传播者才是史诗早期素材的提供者，在史诗的早期孕育形成及后来的流传演变过程中都起到了非常重要的作用，因此对史诗普通传播者的研究将使格萨尔史诗研究更加厚实。

第一节 普通传播者

梅列津斯基认为英雄史诗的本源是阶级出现之前的人民史诗，[1] 可见

---

[1] ［俄］E·M. 梅列津斯基：《英雄史诗的起源》，王亚民、张淑民、刘玉琴译，商务印书馆 2007 年版，第 14 页。

在史诗的孕育阶段，广大人民群众才是英雄史诗创造的真正源泉，扮演了普通传播者的角色。按照现代传播学理论，普通传播者是指并非专门负责传播的职业传播人，不以传播作为谋生的手段。其传播活动自由、灵活；传播的时间、地点、内容、媒介、受众都完全由个人决定；传播的内容多为大众日常生活或群体所关心的问题；作为传播者的角色不固定，既是传播者又是受传者，并且随时完成信息的再加工。据此我们可以将格萨尔史诗的普通传播者分为三类，即为了政治目的而传播的巫师；早期的格萨尔本事传播者；为了宗教目的而传播史诗的宁玛派史诗艺人。

一 早期巫师

探讨巫师在史诗传播中的角色问题，首先应该明确一个逻辑问题就是，格萨尔史诗的形成来源与内容是多元的，其中既有原始民族神话，也有苯教文化，还有藏传佛教文化，而由苯教巫师参与创造的民族神话及苯教文化属于本土文化，这构成了格萨尔史诗内核的主要成分。因此，苯教巫师也应该被视为格萨尔史诗的早期创作（者）与传播者。

关于格萨尔史诗的形成时期问题历来众说纷纭，莫衷一是，因此，很难通过史诗的形成期[①]来推断巫师到底在史诗的传播过程中起到了何等具体作用。但有一点可以肯定，史诗中的神话、传说等内容最早由巫师传播过。从发生学的角度来看，巫师参与了史诗孕育期的传播活动，可以说，今天的格萨尔史诗有早期苯教巫师的贡献。需要指出的是，尽管在那个巫师参政、执政的时代，格萨尔的故事可能还没有出现，但我们"在研究包含有民间诗歌历史概念的英雄史诗的形成道路时，一定要考虑到古代神话关于自然界起源和'人类部落'起源的概念"[②]。可见，恰恰

---

① 关于格萨尔史诗的产生年代，目前主要有三种观点：一是吐蕃时期说；二是宋元时期说；三是明清时期说。引自降边嘉措《〈格萨尔〉初探》，青海人民出版社1986年版。

② ［俄］E·M·梅列津斯基：《英雄史诗的起源》，王亚民、张淑民、刘玉琴译，商务印书馆2007年版，第20页。此外，尽管石泰安教授"可以肯定地说格萨尔史诗的起源绝不是民间，而是知识界"，但他所说的"起源"实际上是指史诗的最终成型。（参考：［法］石泰安《西藏史诗与说唱艺人的研究》，耿昇译，西藏人民出版社1993年版，第749—750页。）石泰安先生后来自己也承认："格萨尔史诗的作者和编撰者应该是以所有这些原始资料为营养，并属于民间阶层。"（参考［法］石泰安《西藏史诗与说唱艺人的研究》，耿昇译，西藏人民出版社1993年版，第833页。）

是这部分神话构成了格萨尔史诗的大致框架，成为重要的早期素材，因而我们在考察史诗的传播者时也应将这些传播民族早期神话的巫师纳入考察范围。

在古代，巫师负责沟通人神，能够知晓神的意旨，借助神的名义来影响社会政治，具有很大的权力。早期巫师多为部族领袖充任，后来随着社会的发展，有些民族的巫与王逐渐分开，但实际上根本利益还是一致的。古代藏族社会也不例外。早在吐蕃王朝甚至以前很长一段时间，巫师就已经参与王朝或部落的重大事务管理。在佛教传入西藏以前，藏族主要信奉苯教，苯教徒承担了巫师的职责。《旧唐书·土蕃列传》记载：

> "吐蕃，……多事羱羝之神，人信巫觋。"赞普"与其臣下，一年一小盟，刑羊、狗、猕猴……令巫者告于天地山川日月星辰之神云：若心迁变，怀奸反复，神明鉴之，同于羊狗"①。又"从聂赤赞普至赤德妥赞之间，凡二十六代均以苯教治理王政"②。

当时巫师直接参与王室主导下的各种社会政治活动，他们是文化的拥有者，他们利用自己的话语权与解释权，创造了一系列创世神话与民族起源神话，这些创作的最初目的是为了凝聚族群与自我神化，以期进一步提高自己的神圣地位以及牢固与王权的关系。石泰安说："古代的传说把苯教徒与行使保护世界或政权之责任的说唱艺人和谜语歌手们联系起来了，以行使保护世界的职能。"③

总之，巫师的这些"杜撰"作品成了格萨尔史诗的最早素材之一。当然这些神话素材并非专门为史诗而造，在当时的历史条件下它的创作者也无意成为史诗艺人，然而在各种机缘巧合下史诗却成了这些神话故事的最好保存者。

---

① 《旧唐书卷一百九十六·吐蕃》。
② 土观·罗桑却季尼玛、刘立千译注：《土观宗派源流》，西藏人民出版社1984年版，第198页。
③ ［法］石泰安：《西藏史诗与说唱艺人的研究》，耿昇译，西藏人民出版社1993年版，第652页。

随着社会的发展，巫师也出现了分化，一部分继续与统治者"绑定"在一起，继续为后者服务。这部分巫师口中的神话在当时的传播条件下进入民间的渠道是很窄的，但他们往往通过仪式等各种宗教活动积极宣传这些杜撰的神话来满足政治统治者借用神的名义赋予自身统治合法性的愿望，广泛传播"君权神授"的思想；还有一部分巫师出现了职业化倾向。尤其是在经过吐蕃王朝历次打击苯教之后，相当一批苯教巫师走入民间，正是这一部分人把民族神话较为全面彻底地传播到了民间。鉴于这些巫师在走入民间以后面临的首要问题就是生计问题，恰好利用既有的文化资本转化为物质资本不失为一个好办法。然而现实问题是神话故事无论在篇幅上还是在内容上都无法满足大众的文化需要，因此一部分巫师就会主动在民间搜集可以采用的生活素材与文化素材，再与自己已经掌握的神话进行融合创作，这也可能是史诗形成的一种路径。这部分巫师对史诗的形成起到了重要作用，他们中的一部分后来变成了以说唱为主的格萨尔职业说唱艺人。

即使在格萨尔史诗形成后，巫师也一直参与了史诗的传播。藏传佛教宁玛派的仪式中至今还保留了大量的苯教仪轨，较为宽容的宁玛派僧人在社区活动中一定程度上扮演了巫师的角色。可见，即使在史诗成型以后，作为传播者的巫师也一直参与了格萨尔史诗的传播。有些艺人身兼巫师之职，他们既是民间说艺人，又是降神者、占卜者。著名艺人玉珠的父亲班觉曾经是一位既会降神、占卜又会说唱《格萨尔》的巫师兼艺人；果洛州著名艺人昂日的父亲也曾经是当地有名的巫师与说唱艺人。著名的格学专家杨恩洪先生曾于1987年到那曲拜访过一位叫阿达尔的艺人，通过调查认为阿达尔是至今所能见到的唯一一位巫师兼说唱艺人。[①]可见，巫师不仅参与了史诗的早期创作，而且在史诗的发展演变过程中随处都能够找到巫师的影子。不过，在早期，巫师无意中扮演了普通传播者的角色，而后来的身兼巫师身份的说唱艺人应该归于职业传播者范畴。

---

① 杨恩洪：《〈格萨尔〉说唱形式与苯教》，《西藏研究》1991年第3期。

二　普通百姓

我们常说格萨尔史诗是世世代代藏族人民集体智慧的结晶，这个"世世代代的藏族人民"不仅仅指我们广泛关注的《格萨尔》艺人，还包括普通大众，每一个历史时期的藏族人民对格萨尔史诗的发展起到的作用也有不同。

要对作为《格萨尔》传播者的普通百姓进行考察，应该按照史诗的形成与发展过程，将普通大众相应地分为两个阶段来进行考察，一是格萨尔史诗酝酿形成期的广大普通百姓；二是史诗发展期的广大普通百姓。

在格萨尔史诗酝酿形成期，普通百姓在史诗传播中仅仅起到了普通传播者的作用，但正是他们为史诗的最终形成提供了基本素材——格萨尔的传奇故事。要论述这个问题，首先必须从历史学的角度回顾一下格萨尔王的"生平"。关于史诗中的格萨尔王是一个历史人物，还是一个神话形象，学界一直存在争论，但基本有三种观点：[①] 历史人物说、外族说、先有模特儿后有文学形象说。目前学界持第三种观点的人居多。黄灏先生认为，"这个格萨尔既有林·格萨尔的历史素材又有唃厮啰的影子"[②]。即使主张历史人物说的王沂暖先生也同意松巴·益西班觉儿所说，"是根据历史人物，作了添枝加叶的渲染夸张……"[③]

可见，史诗中的格萨尔王已经不再是历史中的那个格萨尔了。实际上，史诗越成熟，离英雄原型越远，历史上是否真正存在过一个格萨尔已经无关紧要。但无论如何我们不能忽视普通百姓在史诗早期酝酿中所起的重要作用。无论是土司林·格萨尔还是唃厮啰，其部属民众就是最早传播格萨尔故事的普通传播者，正是他们为史诗的酝酿形成提供了最

[①] 这三种观点分别是：一是历史人物说，主要以王沂暖、任乃强等先生为代表。王沂暖先生认为格萨尔是宋初居于青海东部之唃厮啰，上官剑壁同志则认为"岭·格萨尔"就是"林·格萨尔"，是四川德格林葱土司的祖先，而任乃强先生则认为格萨尔王兼具上述两种身份。二是外族说，主要以法国著名藏学家石泰安为代表。石泰安教授认为格萨尔王就是西方的凯撒大帝，还有的学者论证格萨尔王就是成吉思汗或是汉族的关圣帝。三是先有模特儿后有文学形象说，降边嘉措与黄灏等学者主张此说。参考开山斗、丹朱昂奔《试论格萨尔其人》，《西藏研究》1982年第3期。

[②] 黄灏：《藏文史书中的格萨尔》，《西藏研究》1985年第1期。

[③] 赵秉理编：《格萨尔学集成〈一〉》，甘肃民族出版社1990年版，第166页。

早期的、最基本的原始素材，没有他们，我们今天看到的藏族英雄史诗恐怕又是另一副模样了。

这些普通大众为什么会去传播英雄故事呢？笔者试从社会学、心理学的角度，运用社会认同的相关理论来论述这个问题。

公元840年，吐蕃达磨赞普被刺以后，藏族社会就处于宗室战争、军阀割据的内乱之中，处处战火，横暴猖獗，贵德本开篇就提道：

"下界人间，正是一个非常混乱的时期，妖魔鬼怪，到处横行，各个地方，差不多都被他们霸占着，善良无辜的老百姓，遭受他们的欺凌迫害，没有一天好日子过。"①

可见，当时历史条件下，藏族社会完全处于一种失范状态。社会失范状态下，弱势群体往往成为最大的受害者，战争给百姓带来了巨大的灾难，人心思定，人心思安，失范与失序的社会需要重新建构，这不仅是人民大众的心理诉求，也是统治者巩固统治的需要。吐蕃灭亡百余年后，佛教重新弘扬，②佛教教义对广大百姓的这种心理诉求起到了积极的引导作用，史诗中说：

"大慈大悲的观世音菩萨，看到这种情况，顿生不忍之心，就和白梵天王商量，想什么法子去拯救人间灾难。"③

无论是统治阶级还是广大百姓都需要借助一个符号或一个象征来凝聚人心，重新整合社会，恢复世间正义，重扬真、善、美的价值观，首先应该做的就是要完成社会身份认同。

社会认同，是指人们对社会身份的认同，社会认同的过程会伴随身份获得的心理过程，这个过程也称为社会身份认同过程。这个过程涉及三个方面的内容：一、知觉自己的群体身份；二、伴随积极的或消极的情感卷入或增强；三、理解和共享该身份的社会价值评价意义，其中既有内群体成员之间的共识，也有外群体评价的嵌入。④ 这个连续的过程可以简单表述为：发现自己的群体，对自己的群体投入感情，进而分享群

---

① 王沂暖、华甲译：《格萨尔王传〈贵德分章本〉》，甘肃人民出版社1981年版，第1页。
② 这就是佛教的后弘期，关于后弘期起始时间有分歧，但学界比较认可978年一说。参考王辅仁编著《西藏佛教史略》，青海人民出版社2005年版，第52页。
③ 王沂暖、华甲译：《格萨尔王传〈贵德分章本〉》，甘肃人民出版社1981年版，第1页。
④ 章志光主编：《社会心理学》，人民教育出版社2008年版，第483—484页。

体价值进一步确立自己的群体身份。吐蕃亡国后的百余年间，吐蕃故地战火不断，民不聊生，在这种情况下，通过社会身份认同来达到凝聚人心，规范失序的世界就成了一种急迫又必然的选择。

但是要想激活人们的身份认同也是需要条件的，现代社会心理学的研究成果告诉我们，社会身份认同在下列三种情况下容易被激活：一是必要的群体名称或标志，二是外群体成员的出现，三是成为少数人或处于群体冲突之中。① 因此，富有智慧的藏族老百姓选择了一位民间英雄来担当社会身份认同的大任，这也就在情理之中了。格萨尔的出现就是一个标志，一个象征，起到了一呼百应的作用。在中世纪，英雄人物的号召力与凝聚力胜过任何事物，英雄之所以被百姓所传颂和敬仰，就是因为他具有超出常人的能力，文韬武略，样样精通，尤其是在对外战争中表现出自己的雄才大略、文治武功，最终赢得人心，老百姓在不断地对外战争与异文化的交流中需要始终以本民族的英雄为中心，凭借对英雄的崇拜来进一步明确自己的身份，表现出民族认同感。

本来只是一个土司头人或地方领袖，最后却被传颂为一位无所不能、南征北战、攻无不克的民族英雄，这主要是因为人民需要一个认同的核心，需要极力扩展甚至更为广阔的边界。英雄征战越多，囊括的土地与人口也就越多，与自己分享相同身份与价值观的人也就越多。因此，格萨尔王降妖伏魔的战争本身就是藏族人民身份认同边界的延伸过程。

有了内外武功，只能称之为"圣"，这对于中世纪的统治者与老百姓来说，是远远不够的。作为英雄本人来说，成为神才称得上是达到了人生至境。有学者认为：

> 所以群众塑造格萨尔神话英雄，作为一个天神转世神力无边的王，自然不能没有宗教的支柱。这是西藏政教结合的传统。民间说唱者自然也不能不受着传统的影响。②

由此有学者认为，格萨尔王的双重身份受到了来自西藏政教合一这一特殊社会现实的深入影响。其实不然。要更好地探讨这一问题，我们需要借助崇拜心理学的相关理论。中世纪是一个蒙昧的年代，到处捉摸

---

① 章志光主编：《社会心理学》，人民教育出版社 2008 年版，第 484 页。
② 王映川：《〈格萨尔〉史诗的神话传统与宗教关系》，《西藏研究》1982 年第 2 期。

不定，老百姓面对无限的挑战，单纯凭借自己的有限能力难以应付，因此产生了崇拜心理，他们既崇拜物，也崇拜人，总归是要将物与人神化。那如何把英雄最终造为神，这离不开百姓对英雄崇拜过程中的晕轮效应，导致的最终结果就是英雄的功绩被无限放大，终有一天放大到常人难以企及之时，英雄就变成"神人"了，为了表示尊重和信仰，人们还要为他修庙塑像，届时焚香献贡。这场造神运动在乡野民间文化中表现最盛，但是所造之物要成为民族的神灵与英雄还必须要适合统治阶级的兴趣，最终才能完成与大文化的糅合。史诗形成于佛教在藏族地区大发展的后弘期，这种契合更是显得理所当然，《格萨尔》"确实为喇嘛教提供了一些人物"[①]。《格萨尔》绝不是民间单纯自发形成的，它的形成离不开英雄本人及统治阶级的有意识引导。

石泰安说："格萨尔史诗向宗教和土著民间故事背景借鉴的内容首先是有人居住地的创造故事和先祖的传说。"[②] 通过对格萨尔"身份"及成神过程的考察，我们发现在史诗的孕育过程中，人民大众所传播的英雄故事及神话传说都是在部落内部或者周边部落口头广泛传播的一些民间素材，大众的口耳相传活动自由灵活，传播的时间地点也较自由，传播对象也很随意，没有固定预设。传播这些英雄故事的人本身也是受传者，传播者与受传者之间的角色可以随时互换，这种传播活动具有相当大的随意性，因此，作为史诗孕育时期的人民大众则只能称为普通传播者。对英雄的崇拜之情激发了普通大众传播《格萨尔》史诗的热情。当然，这些普通传播者中不乏有一些佼佼者后来成长为了职业说唱艺人。

在格萨尔史诗形成以后，出现了职业说唱艺人，同时这个时期的人民大众作为普通传播者仍然在传播着史诗，但是相较于那些宁玛派僧人及职业艺人的艺术创作及加工，人民大众直接参与史诗创作的机会越来越少，作用也逐渐式微。

实际上，作为普通受众的人群很多，罗列赫与贝尔等人还曾记述：

---

① ［法］石泰安：《西藏史诗与说唱艺人的研究》，耿昇译，西藏人民出版社1993年版，第750页。

② ［法］石泰安：《西藏史诗与说唱艺人的研究》，耿昇译，西藏人民出版社1993年版，第836页。

"在火堆旁或在沿途由旅行家、守兵和骆驼队商人们哼唱的史诗段子。一名少女从其父处学到了这一切。那些赤贫者和孤儿承担起这种任务以谋生糊口。"①

这里，旅行家、士兵、商人、少女、赤贫者与孤儿或是为了解除寂寞或是为了生计都逐渐演化成了《格萨尔》史诗的普通传播者，他们几乎是单纯的模仿，没有什么创作而言，如果非得要说有什么创作的话，那恐怕就是对于相关故事的张冠李戴或是不同文本间的混合杂糅。但我们不能就此认为这些普通传播者对史诗造成了情节混乱，要知道正是这些普通大众通过无意中的口耳相传扩大了受众群体，烘托了史诗氛围，为史诗传播提供了深厚的群众基础，这些经过混合后的素材才有可能进入职业艺人的视野。调查显示，著名说唱艺人多产生于具有浓厚的《格萨尔》说唱传统与气氛的地方，可以说，没有作为普通传播者的人民大众，职业说唱艺人就会成为无源之水、无本之木。

三　游走高原的僧人

《格萨尔》史诗是由伟大的人民群众集体创造的，如其他著名史诗一样，它没有固定的作者，但它有记录者、撰写者及传播者。在当时的历史条件下，人民大众没有接受文化教育的权利，很难承担起史诗的记录与系统整理的责任，这项任务很自然地落到了石泰安先生所说的"知识界"的身上。但是并不是所有阶层的知识分子都参与了史诗的记录与整理，只能说是有一部分参与其中。在石泰安看来，完整的格萨尔史诗确实是有由一名流浪教徒、有学问的出家人，但更为接近民众的"疯僧"们创作完成的。② 石泰安先生强调了史诗编撰整理过程中"知识"的重要性。

格萨尔史诗产生于藏东北地区，这里远离卫藏，苯教传承保存较为完好。这一地区的宁玛派教徒为了求得发展，充分利用苯教所拥有的强

---

①　[法]石泰安：《西藏史诗与说唱艺人的研究》，耿昇译，西藏人民出版社1993年版，第461页。

②　[法]石泰安：《西藏史诗与说唱艺人的研究》，耿昇译，西藏人民出版社1993年版，第835页。

大社会网络与深厚的社会资源，主动吸收了一些苯教文化，在当时社会条件下，通过这种方式巧妙地完成了大、小传统的融合。因此，今天见到的宁玛派教义与仪轨与苯教有诸多相通之处。

宁玛派，教徒分散各地，教法内容也不尽一致。宁玛僧人还可以娶妻生子，在家修行。宁玛巴中有一种僧人称为"阿巴"，他们不注重学习佛经，与苯教徒很接近，专靠念经、念咒在社会上活动，走南闯北，这些人没有很高深的宗教理论修养，但见识很多，与最基层群众接触的机会也最多，他们最有机会从普通大众那里获取丰厚的民间素材，这些宁玛派"阿巴"很可能就是石泰安先生所说的流浪教徒或疯僧。但是这些流浪僧人起到的作用也仅仅是收集素材，可能最多也就是在其主持的规模有限的民间宗教仪式中为了宗教目的而有意识传播了史诗，这种传播使社区中的受众能够有机会接触更多的外部信息，使区域性神话或英雄传说得以在更大范围内传播，其本身也是一种文化交流与整合活动。在诸如此类的传播活动当中，最初，受众的反馈为"阿巴"提供了丰富的素材，当这些素材的内容与形式相对固定以后，受众的反馈对"阿巴"的影响就逐渐小了，毕竟一个社区的口头传统具有一定的稳定性，短时期内很难有大的变化。这些"阿巴"们为了获取更多的信息，就不得不游走高原各地，不断获取信息以充实自己的信息库。"许多宁玛派僧人根据民间说唱把《格萨尔》记录整理成文字付梓或手抄，并写有不少颂扬格萨尔的祝词或祷文。"① 不可否认，很大一部分"阿巴"起初获取各地区的民间素材也仅仅是出于宗教目的，来丰富自己的宗教仪式而已，并非是为了史诗的传播而奔波，这些艺人的传播活动只能算是普通传播活动，但也不可否认有一些"阿巴"后来逐渐脱离了宗教活动而演变成了职业说唱艺人，漫游高原各地，游吟史诗中英雄的业绩。

石泰安先生谈到了"疯子"上师，他指出后者的行为有些玩世不恭，敢于针砭时弊，与众不同，但他有着较好的宗教修养，他们贫穷且多居于乡野，与人民大众有着相似的经历，受民间小文化的启发、影响较多。"疯子"上师也"如同说唱艺人一般进入兴奋狂舞状态；……模仿了民间

---

① 云公保太：《从德格岭仓〈天界篇〉谈〈格萨尔〉与宁玛巴》，《青海民族学院学报》1992 年第 1 期。

舞蹈，同时又通过一种象征性解释与在格萨尔史诗中的情况完全相同。这些流浪教徒或贫穷兄弟可以被比作方济各的亲信们。这就肯定会使人首先在'疯子'那类人物中寻找格萨尔史诗的可能作者。"①

石泰安先生还记述道：

"弗拉基米尔佐夫还为我们证明了云游和尚，……首先传播佛教故事以及有关法器、寺院和活佛喇嘛们奇迹的故事。但他们也绝不会不屑于以他们从有文化修养的喇嘛和管理们那里学来的历史故事来取悦于其听闻者。"②

可见，民间素材的获得渠道也是多元的，既有来自大众百姓的，也有来自喇嘛官吏的。这些人极力在内容与形式上将主流文化与乡野文化进行融合，将玄奥的宗教教义与质朴无华的民间文化较好地结合起来，不仅丰富了自己的既有文化资本，更为关键的是能够更有效地传播宗教信仰。利用这种方式传播宗教不是宁玛巴的独创，藏传佛教其他教派也有类似做法，只不过不同教派选取素材的视角不同罢了。

总之，无论是宁玛派的阿巴还是石泰安眼中的"疯子"上师，他们的传播活动都是一个较为完整的传播过程，既有收集信息、加工信息、传递信息、收集并处理反馈信息，也有调整修正传播行为等过程。这些传播者在早期主要是为了进行弘扬宗教的目的而进行传播活动，他们的工作主要是搜集整理原始素材，对获得的资料进行宗教化再加工，以符合上下口味，尚没有传播史诗的主观意图，而且口头传播活动的时间、地点与形式也较为随意。故而这些游走高原各地的阿巴与"疯僧"们还称不上是真正的职业史诗传播艺人，只能称之为普通传播者。但他们的工作却为格萨尔史诗的形成起到了不可低估的作用，格萨尔史诗的雏形正是从中孕育而成。随着素材的逐渐丰富和受众面的逐渐扩大，这些传播者中出现了一批专门以《格萨尔》传播为职业，并以其为生活来源的人，于是从这些游走于高原的阿巴与"疯僧中间诞生了最早的一批专业

---

① ［法］石泰安：《西藏史诗与说唱艺人的研究》，耿昇译，西藏人民出版社1993年版，第834页。

② ［法］石泰安：《西藏史诗与说唱艺人的研究》，耿昇译，西藏人民出版社1993年版，第462页。

化程度较高的格萨尔史诗职业艺人"。

第二节 职业传播者

职业艺人的产生既需要一定的社会文化环境作为依托，也受制于传播者先天素质、自身生计条件以及后天的努力，此外还离不开史诗自身的发展情况。职业艺人的产生与史诗体的发展变化紧密相关，"经过一个漫长的过程之后，史诗在群众中流传越来越广泛，影响越来越大，部数越来越多，艺术上也日趋成熟，这时就出现了一批以说唱《格萨尔》为职业的民间艺人"[①]。尽管有个别神授艺人否定自己说唱行为的习得性，但从田野资料及科学研究的角度来分析，绝大多数职业艺人还是由普通传播者中的佼佼者经过不断的磨砺发展而来。

职业艺人既是传播者，又是接受者，还是史诗的编创者，在《格萨尔》史诗的千年传唱过程中做出了巨大贡献。然而事件总是具有两面性，职业艺人的出现，对史诗发展与传播也存在一定风险。正如诺布旺丹所说："职业艺人的出现一方面标志着史诗的发展已经进入了一个全新的鼎盛阶段，但同时也标志着这种民间智慧开始趋向职业化，失去民间集体智慧的光芒，这种传统在部落内部逐渐失去了普遍性，开始成为少量说唱艺人的专利。"[②] 职业艺人的出现是史诗传播史上的大事，影响是深远且多方面的。一是专业化传播水平提升，逐渐消解了史诗的大众性；二是史诗辞藻逐渐实现了华丽转身，民间传统面临危机；三是史诗主题与内容很容易被操控，宗教控制成为可能；四是职业艺人"把关人"的作用阻碍了民间智慧的呈现，说唱与文本的个性化凸显。

一 民间说唱艺人主导的传播过程

传播学上，职业传播者是指专门负责传播的人，以传播为职业和谋生的手段，然而，"对于一个真正的仲堪来说，《格萨尔》是一种谋生的

[①] 降边嘉措：《英雄史诗〈格萨尔〉的流传和演变》，《山茶》1984年第2期。
[②] 诺布旺丹：《艺人、文本和语境——文化批评视野下的格萨尔史诗传统》，青海人民出版社2014年版，第214—215页。

手段，但这绝不是唯一的和至关重要的"①。在物质资料极度贫乏的年代，多数民间艺人不会把自己的生计完全置于收入并不丰厚的说唱活动上，多渠道的生计来源也是很正常的，这样可以规避单一技能及职业所带来的社会风险。直到现在，在茫茫草原上还能够发现以《格萨尔》史诗说唱为主业的职业艺人，如甘孜州色达县的盲艺人土登啦至今仍然游走在高原草场为牧民们说唱格萨尔王的故事；近些年在青海玉树、果洛等地也先后涌现出了一些年轻艺人，在政府的大力支持下，有些艺人能够潜心静气地专门从事史诗的编创与说唱活动。

格萨尔史诗的职业传播者，应该是一些以口头传播为主要形式，以说唱格萨尔史诗为主要职业并以此为主要生活来源的人，其社会角色相对固定。由于职业性的影响，《格萨尔》职业传播者与普通传播者在史诗的传播过程中所扮演的角色有很大不同，社会期望与行为规范也存在差异，在不同的传播阶段又会受到一定因素的制约。

《格萨尔》的职业传播者在整个传播过程中处于掌控者与引导者的地位。《格萨尔》的传播过程并非一个孤立、封闭、静止与简单的过程，而是一个内部结构复杂、各种因素不断变动、相互影响的过程。根据控制论的观点，任何信息的传播过程都不是单向的，而是具有反馈机制的双向循环型的传播过程模式②，《格萨尔》的传播过程也概不例外。在传播过程的初始阶段，《格萨尔》传播者将所看到、听到与想到的原始素材转化为大众能够理解接受的语言符号，同时还要完成信息发送的任务。在艺人说唱过程中，受传者根据所获消息做出的即时反应也会对说唱艺人的再创作产生影响。但是有些艺人在说唱过程中处于高度集中的沉醉状态，还有的艺人甚至眼睛忽闭忽睁，毫不理会周边环境的变化，似乎进入了另外一个精神世界，这个过程中，来自受众的反馈对职业艺人的影响不甚明显。受众的反馈对艺人的再创作能够产生较大影响，是指在说唱活动结束以后，说唱艺人就变成了信息反馈的接收者、分析者和评价者，他们所得到的反馈信息进而会影响到自身的再创作。

---

① 杨恩洪、热嘎：《浪迹高原的民间艺人——玉珠》，《格萨尔研究〈2〉》中国民间文艺出版社1986年版，第228页。此外，仲堪即"格萨尔说唱艺人"。

② 参考吴文虎《传播学概论》，武汉大学出版社2000年版，第47页。

《格萨尔》史诗的说唱过程中，说唱艺人与广大受传者共同参与。作为传播单位，双方既是讯息的传送者又是讯息的接受者。但是，作为职业传播者的说唱艺人与作为普通传播者的广大受众在整个传播活动中所起的作用有很大不同，前者是史诗整个传播活动的主导者与推动者，完全掌控传播活动的方方面面。说唱艺人接受受众的反馈信息是为了更好地了解史诗传播系统的运行状况与效果，从而对传播过程进行合理调控，进一步强化对史诗传播过程的控制，从而达到更好的传播效果。而后者在大多数情况下，仅仅是处于信息接收者的地位。相对而言，职业艺人对于史诗内容的精彩与否及传播效果负有更多的责任，其行为多是主动的、有意识的。

二 职业传播者的特征

《格萨尔》史诗的职业说唱艺人与普通传播者在史诗传播过程中起到的作用有很大不同，这主要与职业说唱艺人的自身特征有关。

（一）代表民众诉求

说唱艺人集中代表了人民大众的审美诉求。关于艺人的代表性问题，这涉及两个问题：艺人的身份及《格萨尔》史诗的内容，而这两个问题又是交织在一起的。

《格萨尔》说唱艺人多来自社会底层，生活艰辛，有些甚至沦为乞丐，他们深知民间疾苦，艺人的社会地位决定了他们的艺术实践活动只能代表人民大众的心声和利益。他们的说唱文本取材于民间，传播给大众。史诗素材多来源于乡野，与社会上层生活相脱节，这自然难以引起上流社会的青睐，他们的说唱活动甚至被称为"乞丐的喧嚣"，难登大雅之堂。正是因为史诗的民间性特征，史诗的内容与语言都体现了大、小传统的冲突，例如历史上有些藏传佛教寺院就以宗教信仰为由拒绝《格萨尔》在寺中说唱。

《格萨尔》是藏族民俗文学的精品，是大传统与小传统有机融合的产物，既有大传统的宗教说服，又有民间小传统的质朴与纯真，深受人民大众的喜爱。《格萨尔》史诗无论在思想内容上还是在故事情节上，抑或是在说唱形式上都契合了人民大众的需要，代表了人民大众的利益、愿望和要求。

降边嘉措先生认为，《格萨尔》所反映的社会生活面较广，内容异常丰富，从不同的角度显示出多种多样的思想内容和社会意义，因而具有多方面的认识价值和美学价值，体现在藏族人民对真、善、美的执着追求上，是人对自身价值的自我认识和自我肯定。[1] 王兴先研究员则认为："抑强扶弱、为民除害"是《格萨尔》全部思想内涵的基础；崛起奋发的民族精神是《格萨尔》的思想灵魂；爱国统一思想是《格萨尔》史诗的主旋律。[2] 史诗内容与大众百姓的生活高度相关，集中体现了人民大众渴望和平、追求幸福生活的愿望，这样的艺术作品反映了平常百姓的日常生活，自然会受到大众喜欢。

《格萨尔》的传播形式深受百姓喜爱，艺人们云游四方、处处为家，说唱形式也灵活多样，很少受时间与地点的制约，走到哪儿，讲到哪儿，哪里需要哪里讲，在贵族豪华的庄园，在农奴低矮的破屋，在草原，在高山，在朝佛的路上，在返程的途中，白天晚上都可以讲，人多能讲，三五成群也可以讲，非常方便。大众从艺人这里不仅可以欣赏《格萨尔》的故事情节，还能了解到各地的风土人情，这种说唱形式带来的文化附加值也很大。相比较宗教教义的宣讲及其他艺术形式的传播形式更为多元、灵活，也更为百姓所接受。

（二）规约性与自主性相结合

《格萨尔》职业艺人的说唱无论在内容上还是形式上都具有一定的固定模式，同时每个艺人的演唱又具有一定的自主性特征。《格萨尔》史诗经过长时间的传唱在内容上形成了基本内核，比如，几乎每个版本都有《降伏妖魔》《霍岭大战》《羌岭大战》等分部本。然而，每个艺人说唱的部本又有较大差异。比如西藏老艺人扎巴自报可以说唱三十七部，另一位民间女艺人玉梅自报可以说唱七十小宗，而青海的史诗说唱艺人才让旺堆自报能说唱史诗的大中小宗共一百四十七部，而果洛州的艺人达哇扎巴自报能说唱一百七十余部。尽管部数差别较大，但核心内容却是基本一致的。这是因为艺人们在初闻信息阶段，总是把自己听到的一些民间故事融入自己的传播体系中来，由于不同艺人阅历及掌握的信息量

---

[1] 扎西东珠、王兴先编著：《〈格萨尔〉学史稿》，甘肃民族出版社2002年版，第220页。
[2] 参考王兴先《格萨尔论要》（增订本），甘肃民族出版社2002年版。

存在差异,说唱内容与篇幅就存在较大差异,从而造成了说唱内容的归约性与差异性共存的现象。

在说唱形式上,过去艺人一般都有一套固定的模式——演唱前,先焚香降故事神,此时的艺人在说唱过程中近乎迷狂,表情丰富,说唱节奏明快,曲调丰富,故事一气呵成,难以自控。然而有些艺人说唱前要先喝点酒再说唱,有些则需要闭目静养几分钟到十几分钟;说唱过程中有的艺人以绘有格萨尔故事的"仲唐"画为道具,有的以帽子为道具进行说唱,有的自始至终坐着讲,有的则手舞足蹈、模仿史诗中的人物行为进行说唱。

据旺秋报道,著名艺人桑珠说唱时就极具个性,在演唱方面颇具特色。他说他曾经为招引人们的注意,有一段时间用过一顶"仲夏"(帽子),但他对"仲夏"不像别的艺人那么爱惜。在演唱时,除了他那串宝贝念珠之外,不需要任何道具。桑珠在演唱时也不像一些艺人那样手舞足蹈,他说唱时手和身子动作很小,微闭双眼,重在意念上。当然这对那些只会看看热闹的观众来说,会大失所望。但是,对于留心倾听和细心玩味的听众来说,他是一个出色的艺人。①

有时候,艺人也会根据具体的传播环境,采用不同的传播方式来吸引受众,调动后者的兴趣。这些都与艺人自身的性格特点、艺术修养及对史诗的理解与投入有很大关系。正是这种个性化差异才使艺人的说唱更具独特魅力。说唱形式的多元性是史诗保持长久艺术魅力及发展活力的重要原因。

(三)专业认可度高

说唱艺人一般都具有较高的专业水平,说唱过程中游刃有余,能够轻松自主地主导整个传播过程。青海玉树州艺人达哇扎巴说唱时,语言流畅,咬字清晰,结构严谨,情节曲折生动;曲调多样,变化丰富,按不同人物和不同故事情节变化曲调;说唱表情丰富,不断变换手势,并随着故事情节的变化而变化,说唱节奏明快,整段故事一气呵成,说唱中神态异样,口若悬河,滔滔不绝,无法自控。由于他的出色演唱,被

---

① 乔健:《藏族〈格萨尔〉史诗诵唱者与拿瓦侯族祭仪诵唱者的比较研究》,转引自乔健编著《印第安人的诵歌》,广西师范大学出版社2004年版,第102页。

青海省文联高度评价为"我省难得的《格萨尔》说唱奇才"。

徐国琼先生曾经在青海泽库县和日草原拜访过一位名叫才旦加的老"仲肯"，关于老艺人的说唱情态，他如此记录道：

>……只见他闭目盘腿端坐在香烟缭绕的画像前，口中喃喃念着密咒。不一会只见他全身簌簌发抖，忽而张口呵欠连天，忽而牙齿咬得"格格"响。看起来的确像有一种神秘的力量附到了他的身上。此时此刻，他的思维看来已进入了高度集中的状态。当他微睁双眼时，口中便像洪水冲开闸门一样，滔滔不绝地唱了起来。据当时在场的一位听众讲，这位"仲肯"只要一唱开来，没有任何外力能够阻止。又一次，当他正在帐房外给大家演唱时，突然雷电交加，指头大的冰雹密密麻麻从天而降，听众一时都躲进帐房去了。可是唱着还毫无察觉，仍在原地继续高声说唱。当冰雹停了后，人们又走出帐房来听。当他唱完以后，人们问他是否被冰雹击痛时，他竟反问："哪来的冰雹？"当人们告诉他刚才下了一场大冰雹时，他竟反问："那你们为什么不进帐房去还守着我听呢？"①

艺人在说唱过程中，注意力高度集中，外在因素很难影响艺人的说唱行为，他们的这种超常行为更是增加了艺人的神秘感，也为史诗蒙上了一层神秘特色，这也恰恰是吸引受众之处，通过"神秘"来聆听"神圣"是传统社区成员打发闲暇时光的重要途径。

实际上，艺人拥有的独特道具也是艺人专业性特征的重要体现，一般情况下，一位职业艺人都有一顶独特的"仲夏"帽子，这顶帽子作为一种象征符号，是艺人专业水平的象征。"仲夏"帽子一般由寺院特制②，寺院活佛往往会将它授予由其开启说唱智门的艺人，这顶帽子借助宗教强化了艺人的专业性，笃信宗教的群众对于那些拥有这么一顶神圣帽子的艺人会自然而然地产生一种景仰与认同。杨恩洪研究员对艺人才让旺堆有如此描述：

---

① 徐国琼：《再论〈格萨尔〉艺人的"神授说"》，《山茶》1988 年第 3 期。
② 也有的"仲夏"帽子由艺人请人制作，桑珠大师就有这么一顶"仲夏"帽子。

才让旺堆每到一个村子,只要手上托着仲夏出现在牧民面前,大家都会自动地围过来。他首先唱帽子赞,讲帽子的来历、上边装饰品的作用及象征意义,群众一看那顶仲夏和活佛赐给他的一尺半长的剑,便立即认定他是个最好的说唱艺人。①

总之,艺人独具特色的说唱内容、娴熟的语言运用技巧、独特的道具与带有神秘色彩的说唱形式共同建构了史诗艺人的专业性特征。近年来,许多艺人由于其专业化极高的说唱水平,受到了人民大众与相关部门的高度评价。

三 民间说唱艺人的任务

要论及《格萨尔》职业说唱艺人的任务,实在是一个极为复杂的问题,因为这些职业说唱艺人类型较多,有圆光艺人、掘藏艺人、师承艺人及神授艺人等不同类型,不同类型的艺人对自己所获得信息途径的解释也不一样,故很难给出一个得到普遍认可的描述。因此,笔者在此只能从一般意义上,运用传播学的相关知识对史诗的职业说唱艺人在传播过程中的任务进行概括性描述。

《格萨尔》民间说唱艺人的说唱活动是一个复杂、开放及接收反馈的信息沟通过程,在这个过程中通常要完成以下任务:

(一) 收集加工信息——"把关人"的视角

史诗说唱艺人的职业化是与其专业化进程同时进行的。对于史诗职业说唱艺人来说,说唱水平的提高不仅体现在现场的说唱表演发挥,还体现在对素材信息的感知与选取上。一般的情况是,职业说唱艺人会有意识地、有准备地从事信息收集工作,但有些时候,说唱艺人也会在没有任何准备的情况下无意识地接触到一些素材,普通传播者可能从中找不出任何价值,而职业传播者却能凭借其高度的职业敏感而有意识选择相应素材融合到自身的史诗素材库。

说唱艺人对相关素材的获取,首先要完成一个社会知觉的过程。社会知觉不仅取决于知觉客体,也取决于知觉者的目的、需要、态度与价

---

① 杨恩洪:《民间诗神——〈格萨尔〉艺人研究》,中国藏学出版社1995年版,第195页。

值观的影响。社会知觉具有选择性，人总会根据自己的喜好有意识地去感知某些社会新消息，也会根据社会信息与己的相关程度来决定对信息的选择内容，同时个体对信息的知觉反应也会随个人情绪状态的不同而变化。凡是那些与《格萨尔》有关的神话、传说及民间故事，以及与艺人自身所持的宗教信仰与价值观没有很大冲突的社会信息统统都会进入说唱艺人的关照视野。艺人往往通过梦或癫狂心境来感知所需的相关信息，这是一种下意识的信息感知行为。

著名神授艺人桑珠大师的父亲就是一位格萨尔说艺人，桑珠大师自小就喜欢模仿父亲说唱时的神态，一会儿装扮成"拉哇（降神的人）"，一会儿又装扮成仲堪，为同伴们表演，为此常常受到伙伴们的称赞。他仰慕那些为民除害的民间豪杰，被父亲说唱的《格萨尔》中离奇曲折的故事深深打动，他晚上梦见格萨尔王打仗，白天醒来就能原原本本地讲述出来。① 可见，玉珠由于自小深受父亲感染，小时候就对格萨尔故事产生了浓厚的兴趣，自己也仰慕英雄豪杰，便会有意识地选取与英雄高度相关的信息纳入自己的"梦"中，然后再像复述历史一样讲述出来，从而通过"梦"这种形式把发生在其他英雄身上的故事"粘贴"到格萨尔故事系统里来。民间素材就这样经过艺人的收集与选取"堂而皇之"地进入了《格萨尔》史诗的传播过程，并一代代传承下去。

著名艺人扎巴老人在回忆自己成为史诗说唱艺人时也承认：

> 格萨尔的这些话，说到自己心坎里了，这正是广大的贫苦农奴梦寐以求的事。这些话他铭记在心，反复玩味，常常使他浮想联翩，激动不已，夜不能寐，那些英雄的形象，生动的故事，优美的语言，总是在脑海中浮现。②

---

① 杨恩洪、热嘎：《浪迹高原的民间艺人——玉珠》，《格萨尔研究〈2〉》中国民间文艺出版社 1986 年版，第 223 页。

② 岗日曲成、边烽：《雪域国宝——记著名的〈格萨尔〉演唱家扎巴老人》，《格萨尔研究〈2〉》，第 205 页。

关于艺人的梦，杨恩洪先生也记述道：

> 很多说唱艺人都承认自己少年做梦，梦中格萨尔王的某位大将赋予艺人说唱史诗的使命感，梦醒后开始说唱生涯，有些艺人不断地做梦，每日做，或每年不断地做，会说唱的史诗部数也随之增加，如艺人曲扎就是这么一位。①

艺人通过梦、圆镜或纸等媒介完成了信息的符号化与有序化，几乎每位艺人都报道"梦"是自己说唱内容的重要素材来源，梦同时也是日常素材进入史诗信息系统的重要渠道。梦对于《格萨尔》史诗体的膨胀起着重要作用。

有些艺人大半生游走于高原，朝拜神山圣湖，便览各地名胜，阅历十分丰富，他们的故事在流动中得到了充实、提炼，故事情节完整连贯，语言丰富、精练，引人入胜。艺人们"浪迹天涯"使得他们能够听闻更多的神话、故事、歌谣与谚语，随后又将这些素材加入自己的说唱中来，促成了史诗篇幅与部数的增多及艺术说唱水平的提高，可见艺人的强流动性也是他们获取更多资料的重要因素之一。

在素材的采集与加工阶段，还有一项重要的工作就是艺人的"把关"行为。"把关人"理论最早由社会心理学家卢因提出，他认为传播者都不可避免地要站在自己的立场与视角上，对信息进行筛选与过滤，这种对信息进行筛选与过滤的传播行为就叫作把关。凡在传播过程中有过这种把关行为的人就称为把关人。从宏观来看，在社会这个大的信息环境中，每个人都无意或有意地充当着把关人的角色。巴斯进一步研究指出，在整个信息流通过程中存在着一条由许多关口组成把关链，每个链接点都有把关人存在，但每个关口的作用并不一样，有些环节的作用至关重要，牵一发而动全身。故此他提出了"双重行动"模式，即信息的采集与加工两个阶段的把关作用至关重要，后一阶段的作用要大于

---

① 杨恩洪：《〈格萨尔〉艺人论析》，《民间文学论坛》1988年第3期。

前一阶段。①

　　《格萨尔》艺人在传播过程中"即兴发挥"的背后是否也有把关现象的存在；假设有把关现象，那么依据的原则应该是什么，这是应该值得关注的问题。实际上，《格萨尔》传播过程中的任何一个环节都会对史诗的内容进行把关，然而不同环节所起到的作用是不同的，不可否认的是艺人在素材的采集与加工阶段起到的作用是至关重要的。艺人在说唱过程中，对于说唱文本早已经驾轻就熟，游刃有余，能够绝对地掌控说唱活动。实际上，表面的"信口拈来"仍不能掩饰背后的把关行为的存在。每个艺人都下意识地依据一定的原则对史诗的素材进行把关，但这种把关并非依据艺人自身的直观感觉或即时思维率性而为，而是受到了相对稳定的社会文化因素的影响。从微观角度来看，这个把关过程表现为"两个原则，一个矛盾"的态势。其中首要的就是宗教价值原则，此原则来源于僧人对史诗传播的积极参与，是史诗得以传承的文化前提，对史诗的发展至关重要，这来源于僧人对史诗传播的积极参与；其次就是民间价值原则，这是史诗得以产生与发展的重要基础。艺人无论在素材采集还是信息加工阶段，实际上都无意识地充分运用了这两个原则来选择史诗素材，凡是那些不与佛教思想相冲突，又能引起民众兴趣的素材都会引起艺人的注意。然而这两个原则又处于一种矛盾之中，艺人的把关也往往会处于这个矛盾之中。艺人对此矛盾并无更好的破解之法，很难做到"井水不犯河水"，故此最为现实的做法就是容许小规模冲突的存在。这种冲突在史诗中有较多体现，在史诗文本中既有民间对于佛教主流价值观的"指责"，也有民间文化的宗教异化现象。过往我们对于史诗中反主流现象的研究往往归结为佛、苯斗争的社会表现，但是如果从艺人把关的角度来看待，就会发现这种冲突实际上是主流文化与民间文化

---

①　参考吴文虎《传播学概论》，武汉大学出版社 2000 年版，第 121—128 页。此外，在巴斯的"双重行动模式"理论提出之前，怀特强调了把关人在信息采集、编辑过程中的独立性，实际上人们的传播行为并不是为所欲为，可见他忽视了社会因素对把关人的制约。正如社会学家赫希所指出的：怀特的研究及把关理论只看到个人在把关活动中的直接作用，而没有从社会系统的角度考虑其中所隐含的一系列左右把关的必然因素。怀特只注意到了把关过程主观随意的一面，而忽视了客观必然的一面。麦克内利批判了怀特把关模式的单一关口，提出在整个信息流通过程中存在着一条由许多关口组成把关链，每个链接点都有把关人存在，但他认为每个关口的作用是等同的。

在相互融合中的纠葛而已，毕竟民间的东西并不都来自苯教，有些是直接来自受众群体的社会现实体验。

(二) 传递信息

《格萨尔》史诗传播过程中的信息传递是指说唱艺人采用有效的传播策略和技巧，借助一定的传播媒介，使说唱信息有效到达受众。史诗的传统传播形式始终是口头传播，只是到了现代，随着多媒体的发展才出现了其他传播形式。

艺人说唱的过程不仅仅是为了传递信息内容，还有表演的成分。要使信息传递更为有效，故事的情节推进、说唱曲调也至为关键。一次完美的说唱活动实际上就是一次涉及多元因素、由多种传播单位共同参与的成功的信息传递过程。

在说唱过程中，艺人往往遵循基本一致的套路，但也十分注重自由发挥，使得他们的表演说唱极富个性化特征。正如谢克纳所说："表演者和参与的观众很像宗教领袖和信徒之间的关系。当人们认识到弥撒的表演远远超出固定文本的读诵时，个体表演性的差别将更受人欢迎，因为它包括了表演者的特有风格。"[①] 这种表演完全排除"照本宣科"式的复述，个人独特的渲染得到充分的发挥，正是这极具个人魅力的个性化风格才使得艺人的说唱更具感染力。

艺人在表演中往往沉迷于剧情，不再考虑物理世界中的自己，自己完全活在了《格萨尔》故事角色中，以致自己的表演行为被下意识与本能的和谐所驱动。艺人在说唱过程中，角色转移是必须要经历的一个阶段，从"物理世界"转移到"表演世界"是必经之路。角色转移有两种情况：自愿的与不自愿的。角色表演属于前者，而进入迷幻状态则属于后者，这就是为什么说唱艺人在说唱时必须沉醉其中。在说唱一个英雄人物及其事迹的时候，模仿英雄的动作，降妖伏魔，神力巨大，然而当表演基本结束时，他又回到了起点，也就是自己存在的物理世界。然而由"表演世界"重返"物理世界"就如当初由后者进入前者一样麻烦。这就需要自身有意识或者在外人的协助下进行"冷却"，以能够从近乎癫

---

① 谢克纳：《表演者与观众的转移与转化》，载谢克纳《人类表演学系列〈谢克纳专辑〉》，文化艺术出版社2010年版，第188页。

狂的拟化世界安全地回归到现实的物理世界。① 然而对于《格萨尔》说唱艺人来说，这种冷却有时很难奏效，在 2006 年 8 月参加第六届国际格萨尔学术会议时，笔者曾亲眼观看了一位来自玉树州的艺人表演，整个过程中，他如痴如醉，已经毫不在乎那时物理世界中发生的一切，在预先告知的时间结束时仍无法自已，最后还是在助手的帮助下——助手用手不停地掐他的腿部，才使其最终从沉醉中"解脱"出来。可以说《格萨尔》说唱艺人的表演就是一次由本人亲自参与的充满冒险与乐趣的旅行，这样极具感染力的说唱方式能够最大程度地影响受众，使信息传递更为成功。

好多艺人日常都称呼自己是格萨尔王某位大将的化身，肩负传唱英雄业绩的责任。实际上，这也是一种现实中的持久的"沉迷"，其道理与表演过程中的即时"沉醉"是一样的，只不过是将即时的、集中的状态延展为永恒的与分散的，可以说，在一个史诗社区中无论是职业传播者还是普通受众群体，都永恒地"陶醉"于想象中的史诗世界。职业艺人则承担起了唤起与强化社区受众群体对史诗的记忆与"沉迷"的责任。

（三）收集并处理反馈信息

格萨尔说唱艺人的身份使得他们能够更为方便、及时、全面地获得来自民间的有关史诗说唱的反馈信息。而且，很多艺人身兼巫师之职，说唱活动只是他的一项工作，每到一地既可以说唱，亦可以为社区大众消灾禳祸。比如，圆光艺人既可以从铜镜上进行说唱，还可以用铜镜给人算卦。艺人与百姓在地位与身份上是平等的，虽然后来有些久居一地的艺人在群众中的声誉逐渐升高，深受百姓爱戴，甚至会成为当地的意见领袖，但是从本质上说，他们之间毫无阶级地位差别。说唱艺人与普通受众之间没有任何距离感，双方的沟通与交流是建立在平等的基础上的，因此百姓也乐于跟他们讲自己的感受。

艺人们游走高原各地，所见所闻皆比一般人多，自然比常人掌握更多的信息。他们的行吟不仅给大众带来了艺术享受，客观上也起到了促进信息沟通的作用。说唱艺人每到一地，百姓会主动拿出各种食物热情

---

① 参考谢克纳《表演者与观众的转移与转化》，载谢克纳《人类表演学系列〈谢克纳专辑〉》，文化艺术出版社 2010 年版。

招待，走时也往往会给足所需，当作路上的盘缠。艺人的说唱方式也是较为随意的，可以在草原席地而坐，也可以在厅堂院落，总之是完全融于人民的。艺人与百姓建立起了很融洽的关系。每次说唱活动结束，仍旧处在兴奋状态的听众多会做出品评，这就使得艺人能够更为全面、方便、即时地获取反馈信息。

大众对于深奥的宗教理论的接受，处在一个被动的地位，是完全没有解释权的，因此一般来说，宗教理论传播是一种单纯的单线传播行为。但对于具有深厚民众基础的《格萨尔》史诗而言，民众则具有充分的参与权与话语权，百姓参与史诗再创作的积极性甚为高涨，因此在说唱活动后通过信息反馈来完成这项工作也就很自然了。深奥的宗教借助通俗的史诗，能够及时获得受传者对宗教的理解情况，宗教界人士可以凭此反馈调整对史诗的编创。民众在接受史诗的过程中也潜移默化地接受了宗教，对史诗接受的反馈与对宗教的反馈是同时进行的。

(四) 根据反馈内容修正传播行为

每位艺人的说唱活动无论是在内容上还是模式上都有一定的规律可循，但这并不是说这种活动排除了任何改进的余地。一般情况下，每次说唱完，听众都会对说唱活动有一番评论，讲得是否生动，故事是否动人诸如此类，这些品评都会作为一种反馈信息进行再加工后进入到艺人的传播系统。艺人也会将这些反馈信息作为参照来对照、比较、分析自己的预定传播目的，找出实际传播结果与预订传播目标之间的差距，并以此为依据对整个传播过程进行调整与改进，以进一步提高说唱艺术水平。按照丹斯的传播学观点来说，[①] 在传播过程中，说唱艺人与广大受众之间存在"认知场"与"信息场"，且两者总是在不断累积扩大，信息的变化呈现螺旋形增加的趋势。否则，就意味着说唱艺人的一切传播活动都是无效劳动，千篇一律，枯燥无味。然而这事实上是不可能的。从宏观看，正是这种信息的累积性，才使得说唱艺人的说唱活动更加具有生命力与感染力，使史诗传唱活动能够一直传承下去。充足的反馈信息离不开两个主要因素，一是社区浓厚的史诗说唱文化氛围，二是具有庞大的受众群体。艺人对史诗说唱行为的修正固然离不开受众的反馈，但不

---

① 参考吴文虎《传播学概论》，武汉大学出版社2000年版，第52页。

能独依于此。

此外，艺人在传播活动中自觉地、不断地"推陈出新"的主动意识也很关键。任何一个艺人都不可能将自己的说唱完全寄托于"故事神"的赋予。即使神秘的《格萨尔》"博仲"（神授艺人），有些也不否认为了提高说唱水平而存在后天习得的可能。在这个过程中，艺人要不断修正、更新、丰富史诗内容，提高说唱技巧，这些当然也需要艺人综合考虑受众反馈信息后逐步进行。在抢救《格萨尔》史诗的过程中，为了改善说唱艺人的生活条件，国家鼓励艺人进城居住，但是有的艺人搬到城里居住后，因为离开了所熟悉的说唱环境与人民大众，说唱水平下降了很多，可能也就是这个道理。徐国琼记述道：

> 虽然有少数艺人自称他们是"神授"的，但多数艺人则承认他们会唱《格萨尔》，是从小喜爱这一史诗，向别的艺人学习来的，并非完全"不用口讲笔授"。有的是自己仿照《格萨尔》唱本的格式自己编唱的。少数识字的艺人，则是看了民间流传的抄本以后，靠自己的记忆陆续背下来，再进行说唱的。这种"仲肯"，如青海化隆的合尔纳、黄南的南木欠加、海南州的喇果、四川炉霍的劳桑、康定木雅安的德珠、邓柯的益希俄热、西藏江孜的则登等，他们都承认自己是向别人学来，或既向别人学习，同时自己也进行编创，然后才陆续进行说唱的。①

看来，来自受众的信息反馈也会给艺人造成一定的压力，这种压力会激发他们主动寻求修正、调整说唱内容与提高说唱技巧的动力，毕竟对于艺人群体来说，受到受传者的认可与称颂才是最为关键的。

四　说唱艺人与受众的关系

传播学上，传播者与受众的关系不是单一的，传播者在处理与受传者的关系时，也不都是积极主动的。传播者在选择传播媒介及选取、加工与决定传播内容时都会重点考虑传播者与受众之间的关系性质。

---

① 徐国琼：《试论〈格萨尔〉"仲肯"的"博仲"》，《民间文学论坛》1986年第1期。

一般来讲,在传播者与受众之间存在四类关系——支配关系、疏离关系、圈层关系与服务关系。支配关系是指传播者根据自己的目标或意图将信息强行灌输给特定受众。疏离关系指传播者不重视与受众的关系,缺乏为特定受众采集信息、传播信息的意识,传播者传播活动的意图指向并非是传播者,而是其他诸如政治经济名望或其他私利的目的。圈层关系是指传播者有意愿将自己的目的与受众的需求、兴趣相结合,有着很明确的为了特定受众而传播的目的,圈层关系中,双方往往拥有基本相同的文化背景、价值观念与兴趣爱好,传播者与受众共享社会信息与精神体验。服务关系则要求传播者将受众看作是服务对象,受传者是否满意是传播活动的关键。① 尽管传播者与受众之间关系的概念是传播学者基于现代传播活动提出的传播学理论,但将其用于考察古老史诗《格萨尔》艺人的传播活动,对于我们推进格学研究也很有启发。

据降边嘉措先生研究,在《格萨尔》的演变过程中,出现了三种形态的格萨尔故事,即"卡仲""杰仲"与"曲仲"。② "卡仲"就是由民间艺人说唱的故事,说唱者多来自社会底层,生活困苦,有些甚至沦为乞丐,四处流浪,尽管有些说唱者是僧人,但他们也多为贫苦大众,与百姓有着深厚的情感,这些艺人与广大受众群体有着共同的社会心理、文化背景与价值观,也有共同的审美心理、兴趣爱好与理想抱负。这就决定了史诗艺人的说唱只能以人民大众为主要传播对象,以民间为史诗说唱的主要舞台。《格萨尔》的传播系统是一个可循环的开放式信息系统,在整个过程中,说唱艺人会主动地、有意识地将自己的说唱目的及预期说唱效果与大众的审美需求与兴趣相结合,这也成了艺人搜集素材进行再创作的重要前提。因此,一般意义上讲,史诗说唱艺人与受众之间是一种圈层关系。

"杰仲"就是由部分爱好《格萨尔》的贵族与官僚(阶级)通过收集民间艺人的说唱内容而整理出的相对规范的固定文本,从本质上讲,"杰仲"的内容与民间艺人的说唱内容并无大的区别,但是史诗的修辞和情节的上下连贯与其间的故事逻辑性却有很大提高。相传拉萨贵族策仁

---

① 参考董璐编著《传播学核心理论与概念》,北京大学出版社2008年版,第44页。
② 降边嘉措:《格萨尔论》,内蒙古大学出版社1999年版,第53页。

旺杰就曾召集过十几位著名说唱艺人，先在他的官邸说唱，然后由专人记录整理并审定，最后形成固定文本。无论是"卡仲"说唱者民间艺人还是"杰仲"的整理者贵族与官僚，事实上与受众之间形成的都是圈层关系。

"曲仲"是指"有佛法内容的《格萨尔》故事"，主要由僧侣文人完成。从已有的资料来看，这些僧侣文人不仅有宁玛派的，还有萨迦等派的人士，这些人有着极强的宗教感情，将宗教教义强行植入史诗，妄图用极具宗教性的创作故事代替人民的集体智慧。目前所见的此类本子中，有些本子宗教说教极为突出，艺术性被大大降低。同时又对来自民间的格萨尔"卡仲"极力排斥，甚至散布"说唱格萨尔，必定遭祸殃"的言论。这些编撰史诗的僧人以宗教宣传为根本目的，但他们也需要借助说唱艺人之口或通过赠送等形式传播给受众，这样，传播者与受众之间就形成了一种疏离的关系。这些宗教色彩极强的本子，民间也多有传唱，但借助民间文学形式传播宗教理念与彻底的宗教说教还是存在本质的区别。彻底的宗教说教中，传播者与受众之间形成的是一种纯粹的支配关系，百姓不可能对宗教教义提出质疑，经典即是传播内容，传播内容即是经典。艺人说唱"曲仲"的过程，实质上就是宗教借助民间文化传播的过程，内容的目的性很强，说唱的形式又完全大众化。因此，在艺人以"曲仲"为蓝本的说唱过程中，艺人与广大受众之间既存在一种微弱的支配关系，又存在一种明显的圈层关系。

在《格萨尔》的说唱活动中，传播者与受众之间是否存在服务关系，目前尚没有更为确凿的资料支撑这一论断。但是，也有些艺人为了迎合受众对史诗进行灵活编创，[①] 但这样的编创作品很有可能是即时性的，最终未必能够进入到《格萨尔》的传播系统中来。

总之，《格萨尔》史诗的大众性决定了艺人与大众之间很难形成彻底的支配关系，根据史诗版本内容的不同、宗教意识的强弱，艺人与广大受众之间形成了以圈层关系为主、疏离关系与支配关系为辅的传播关系。说唱艺人与大众之间形成的不同类型的关系体现了藏族社会中政治、宗教与大小传统对说唱活动的影响。

---

① 参考徐国琼《试论〈格萨尔〉"仲肯"的"博仲"》，《民间文学论坛》1986年第1期。

第三节　对说唱艺人传播行为的控制

任何社会都不会自由放任传播行为的发生，传播行为也离不开特定的社会系统，社会系统中的各种因素既会对传播行为起积极的支持作用，也会对传播行为起抑制作用，进而达到控制传播行为的目的。

《格萨尔》艺人的传播活动因其始终处于社会系统之中，政治法律制度、经济基础、历史传统与道德习俗对其影响是显而易见的，因此相对应地出现了政治控制、宗教控制、经济控制、受众控制与自我控制。

一　政治控制

一切控制形态中，政治控制具有头等重要的意义，具有强制性特点，最为有力。传播行为具有引导舆论、监视环境、联系社会、维系传统等多方面的功能，对社会发展与稳定举足轻重，影响广泛，因而社会统治阶层无论是从维护自身利益出发，还是为了维护社会的稳定，都不可能对传播活动不管不问，任其随意发展。

《格萨尔》史诗说唱作为一种文化信息的传播行为也打上了特定社会形态的烙印，政治控制对作为信息传播者的说唱艺人的影响很大。在旧社会，艺人多来自社会底层，他们在整个社会大环境中既没有政治地位，也没有经济地位，属于社会弱者，他们的生存受制于方方面面，其中政治的影响是最为根本的。艺人为了满足生存这一基本目标也无意挑战政治权威，毕竟谋得生存才是他们的最终目的。即使到了新中国，艺人的说唱活动也受制于国家大的政治风向，前前后后经历了抢救与保护、禁止说唱、大力发展三个大的阶段。

旧时代的藏族社会，部落众多，政治统治薄弱，对任何社会文化现象都很难采取整齐划一的有效政策与管理措施，这就为《格萨尔》史诗的说唱工作提供了较好的社会空间，因为只要史诗思想内容不违背统治者的根本利益与价值观，史诗的传播活动还是会得到统治阶级的默许与认可的。在传统藏族社会，《格萨尔》传播受到的政治控制主要表现在拥有政治话语权的贵族与官僚对史诗传播活动的推崇与支持上。

至于贵族官僚支持艺人说唱的动机，一方面是因为有些艺人身兼巫师之职，通过给一些官员占卜问卜，从而赢得这些贵族官员的信任，甚至成为这些艺人的施主。艺人卡察扎巴与贵族官员达哇啦就是这么一种关系，后者对前者非常信任，多次帮助困境中的卡察扎巴。实际上，达哇啦还是著名艺人扎巴老人的施主。还有更为主要的原因是有些贵族官员本身非常热爱《格萨尔》，会主动寻找一些技艺高超的艺人进入府邸说唱。

玉梅的父亲洛达曾是一名远近闻名的艺人，在《格萨尔》说唱比赛中胜出后，索宗宗本便将其邀至家中说唱，他在那里一住就是三个月，受到了很好的礼遇与报酬。著名艺人阿达尔也经常被邀请至那曲总管拉乌达热的家中说唱，后者对《格萨尔》史诗热爱有加，对内容也了如指掌，每次说唱，都由总管亲自点出部名，然后由阿达尔说唱，整个通宵，总管都会沉浸于阿达尔说唱构建的英雄世界中。吐蕃王的后代加日赤钦是山南地方闻名的大贵族，曾邀请艺人桑珠到府邸说唱《阿达鲁姆》，赤钦非常满意，就约来了其他贵族一起听他说唱《格萨尔》，桑珠在拉加日府邸的说唱活动达一年之久。后来赤钦到拉萨，桑珠随行，住在赤钦亲戚家，后来又到大贵族索康家说唱。这样一来，桑珠在拉萨一代名声大震，成了远近闻名的《格萨尔》艺人。

贵族官员对《格萨尔》史诗的爱好，无形中提升了史诗说唱艺人的社会地位，同时也开拓了艺人的视野，为艺人提供了相对稳定的物质保障，使艺人有了一个较好的创作与说唱环境。然而，这样的艺人在现实生活中尚属少数，因为这种基于爱好为目的的、来自政治统治阶层的支持是偶然性的，很难具有连续性，也不具普遍性，不能从根本上提高艺人的社会地位及改善艺人的生存环境。

新中国成立后，我国政府非常注重保护民族传统文化。1958年，中共中央宣传部批转的中国科学院文学研究所和中国民间文艺研究会关于"各省（区）建国十周年文学献礼计划"中，指定由青海省负责搜集、整理《格萨尔》。1960年，青海省委指示文联和有关单位组成"省民间文学调查团"，分赴青海省牧区、西藏、四川、甘肃、内蒙古等省（区）广泛搜集资料，发现了许多民间艺人。这些艺人也积极配合工作。根据艺人的说唱，工作组翻译整理出了一些藏、汉文本子，诸如由上海文艺出版社出版的《霍岭大战〈上〉》汉文本及由青海人民出版社出版的藏文本。该书出版后,《人民日报》《光明日报》《文学评论》等报刊纷纷发表评论,予以肯定。

这一时期,由于国家政治方针政策的彻底改变,艺人也与广大劳动人民一样获得新生,翻身做了主人,获得了前所未有的社会地位,艺人们带着满腔热情投入到史诗说唱中来。然而,不久随着"文化大革命"的到来,说唱《格萨尔》的民间艺人,统统被说成"牛鬼蛇神"并遭到批斗,有的艺人被迫跪在石头上,头顶《格萨尔》高喊"请罪!请罪!",有的含冤而死。①

这场突如其来的政治风暴将刚遇春天的说唱艺人又拉回到严冬,杨恩洪研究员对艺人玉珠的情况是这样描述的:

玉珠首当其冲被作为横扫对象。他保存了多年的艺人帽、艺人鼓等说唱《格萨尔》的用具被统统付之一炬,并被勒令今后永远不许演唱,否则将随时受到批斗。玉珠被这突如其来的浪头打懵了。他想不到说唱群众喜爱的《格萨尔》会有这么大罪恶,他不理解这究竟是怎么一回事。后来,常常有人私下找到玉珠,请求再讲几段,并发誓为他保密,然而他都一一拒绝。②

这场运动不仅沉重打击了艺人的肉体,更触及了艺人的灵魂。在这场声势浩大的运动中,说唱艺人被"打倒",史诗被说成是为"帝王将相"歌功颂德的,艺人们为了生存,不得不暂时将传承千年的《格萨尔》史诗与执着的传承信念埋藏起来,有些艺人只能开始从事与史诗毫无瓜葛的其他工作。尽管如此,有些艺人还是比较幸运,能在恶劣的政治环境中暗中说唱《格萨尔》。当时,艺人才让旺堆被"打倒"后,由于做事认真,肯出力气,被领导指派当上了小队长,他便在群众中又悄悄说唱了,他对群众有求必应,人们爱听什么,点什么,他就讲什么。上级领导见此也会睁只眼闭只眼,因为他们也太爱听《格萨尔》了。在大传统与小传统观几乎没有任何协调余地的冲突中,史诗的大众性特征为《格萨尔》在这场冲突中赢得了一定的存在空间,可见史诗的兼容性之大。

---

① 《民间文学》编辑部:《为藏族史诗〈格萨尔〉平反》,原载《民间文学》1979年第2期。《人民日报》于1979年5月28日予以摘要转载。
② 杨恩洪:《民间诗神——〈格萨尔〉艺人研究》,中国藏学出版社1995年版,第236页。

"文化大革命"结束后,由于部分艺人对刚刚过去的政治运动还心存胆怯,对说唱史诗还有较大的思想顾虑。有些艺人是经过领导再三做工作以后才答应说唱的,还有些艺人即使说唱也顾虑重重。在这场政治风暴中,艺人是脆弱的,给他们留下的痛苦记忆也是深刻的。这种情况下,他们的说唱活动只能受制于大的政治环境,因此政治因素也是史诗发展过程中最大的控制因素。

二 宗教控制

通过宗教控制传播者是取得传播主导权的重要途径,宗教控制主要是通过钳制传播者的思想意识形态来实现,往往是最为彻底的控制方式。在藏族传统社会,宗教控制具有直接性的特点,寺院与说唱艺人之间有着千丝万缕的关系,宗教寺院的控制不仅体现在对说唱艺人的意识形态控制,还体现在对艺人的情感与经济方面的控制,从而使得艺人的说唱活动很自然也成了一种传教行为。

有些说唱艺人本来就是僧人,这些僧人艺人很有可能就是前述的"疯子"上师或者是参与编创格萨尔故事的僧人。有些僧人在寺院中除了学习宗教知识以外,还热衷于艺术表演活动,一旦还俗,把《格萨尔》说唱作为谋生的职业也是很自然的事情。这些有着深厚宗教修养的艺人,其说唱过程必然会受到宗教影响。玉梅的父亲洛达就是这样一位艺人。洛达原为热不单寺的僧人,身体魁梧、力大过人,且能歌善舞,还能说唱《格萨尔》史诗。艺人阿旺嘉措在十二岁时也曾进入类乌齐的寺院当了小扎巴。在寺院接受的早期宗教教育,作为一种既有文化背景直接影响着艺人的社会化过程及自身的职业活动。

按照角色理论来说,每个人都处于一定的社会关系和人际关系中,都会扮演不同的社会角色,而相应的角色需要有一特定的行为规范。社会成员会对某一特定角色的行为规范存在角色期待,个体为了实现这种角色期待,就会努力"扮演"好这一特定角色。

多数艺人都因为其特殊经历与寺院产生了联系,他们或是受到寺院的帮助,或是受活佛认定以后自愿承担起说唱的责任,说唱艺人与寺院活佛之间的关系是说唱艺人神秘性的重要来源。由此,艺人完成了与史诗英雄人物的身份认同,活佛的认定书及授予的"仲夏"帽子不仅是艺人完成身份认同的文化符号，而且是艺人角色实现的重要道具。

杨恩洪研究员对玉珠的艺人成长经历如此记述：

> 晚上，玉珠经常和父亲在一起，听他（父亲）为牧民们演唱《格萨尔》。那曲折回环的调式，动人心魄的情节，激荡着玉珠的心，常常使他为之彻夜不眠。这时他经常做梦，梦见格萨尔打仗的各种故事。不久他得了一场重病，肩背部疼痛难忍。父亲请来达隆寺的喇嘛玛居仁波切，位于主祈祷念经，开启说唱《格萨尔》的智门。这位喇嘛还送给玉珠一顶说唱《格萨尔》时戴的帽子（仲夏）。①
>
> 这一神圣又庄严的宗教仪式，在玉珠的幼小心灵上留下了难以磨灭的印象。因为正像大人们常说的，一个仲堪有可能把自己说唱《格萨尔》的灵感传给儿子。但是如果不请喇嘛为他们念经祈祷，降神附体，开启智门，那么他就会像疯子一样，在说唱《格萨尔》时控制不住自己。只有得到神的旨意，才能像父辈艺人那样自由地说唱。②

根纳普在谈到时序性仪式时认为，通过仪式，人随着年龄的增长，从一个阶段向另一个阶段过渡，时间被人为地分为有临界状态的"阶段"，通过宗教仪式，将"神圣"与"世俗"的距离拉开。通过开启智门及授予仲夏帽子等神秘的宗教活动，艺人完成了世俗生活的神圣化，以宗教仪式为"临界点"，由一种状态进入到另一种状态，从而使自己的生命时间具有了社会性特征。③ 自此，社会已经对艺人形成了角色期待，艺人也自感有通过说唱传播英雄人物光辉事迹的责任，说唱艺人的职业生涯就是这样在宗教的名义下得以持续。说唱艺人可以传承故事内容，也可以表演神圣，但是如果离开了宗教寺院中喇嘛的认可，这种"神圣"的说唱就是没有根源的伪装而已，不会得到社会认可，说唱者就不是被

---

① 杨恩洪：《民间诗神——〈格萨尔〉艺人研究》，中国藏学出版社1995年版，第167页。
② 杨恩洪、热嘎：《浪迹高原的民间艺人——玉珠》，载《格萨尔研究〈2〉》，中国民间文艺出版社1986年版，第224页。
③ 彭兆荣：《人类学仪式的理论与实践》，民族出版社2007年版，第183页。

"加持"的正宗的、合格艺人，只是疯子而已。神圣是伪装不出来的，神圣需要的是表里如一、货真价实。

实际上，多数艺人都有过寺院经历，或曾经做过僧人，或经活佛加持，或经常到寺院说唱，一些宗教话语或宗教仪式也会作为反馈信息进入到《格萨尔》的传播体系中来。传统藏族社会中，宗教影响极大，寺院是社区中宗教、政治、经济、文化与教育活动的集中点，民间文化活动或宗教节庆多在这里进行，这里汇集了社会方方面面的各种混杂信息，不仅有民间传说与神话传奇，还有宗教教义与寺院仪式等，这些都会被纳入说唱艺人的丰富素材库中来，通过影响史诗内容，宗教寺院不经意间也通过宗教达到了对艺人的控制，这种控制客观上又大大促进了史诗的发展，宗教控制与来自宗教的支持是同时发生作用的。

然而，我们也应注意到问题的另一个方面，那就是有些教派的寺院对于《格萨尔》说唱并不欢迎，这主要是出于宗教修行及寺院管理方面的考虑。即使在这种情况下有些格鲁派僧人也会在"浪山"等民间活动中一饱耳福，有的艺人甚至会忙里偷闲跑到寺院外面听艺人说唱的严令禁止。可见，在《格萨尔》史诗拥有极大民间受众群体的前提下，宗教控制的影响力也会大打折扣。

不管怎样，对于《格萨尔》传播来说，宗教控制是与生俱来的，毕竟在每一个艺人在成为职业艺人之前，宗教就已经与史诗结下了不解之缘。作为被控的传播者——艺人既无意也实在是没有必要来摆脱宗教的控制，艺人更为看重的是宗教为其提供的现实帮助与精神支持。宗教的实际控制是下意识的，是不易被艺人感知到的，从另外的角度来看，这种感知既不可能，也无意义。

三 经济控制

传播学理论认为，谁拥有了传播媒介，谁就拥有了掌控传播活动的主导权。通过经济控制，传播者能从根本上解决传播主导权的问题，经济控制力量的强弱主要取决于传播者对经济的依赖程度。

藏族传统社会中，绝大多数艺人出身于贫穷的农牧民家庭，生活穷困潦倒，走南闯北，为的就是生计。从一些艺人的早年经历中，我们会看到这些艺人的经济窘况。著名艺人扎巴于1906年出生于西藏昌都地区边坝宗的一个贫苦农民家庭，扎巴为了还清父母留下的债务，为别人整整做了三年的佣人。还有的艺人家庭起初生活还算宽裕，但遭到突然变故之后，生活便无着落了。艺人桑珠出生于1922年，在其酷爱《格萨尔》说唱的外祖父在世时，家境尚可，但在其外祖父去世后，又遭逼债，家境从此一蹶不振，小桑珠只能去给人放羊来勉强糊口度日。幼年的桑珠便学着大人的样子在心中祈祷：救苦救难、变化万千的格萨尔王快快降临人世吧！给我们带来温饱与幸福！① 贫困的生活迫使他们会主动利用已经掌握的技艺或熟悉的门路去挣钱养家糊口，像桑珠一样，他的外祖父是一位能够说唱《格萨尔》的破落生意人，他自小受外祖父熏陶，也能说唱一些段落，家庭的说唱传统为桑珠提供了谋生手段，生活的窘境应该是桑珠成为说唱艺人的最初动机，促使他们中的多数自此走上了职业说唱艺人的道路。著名艺人贡却才旦在夏河定居结婚以后，紧靠打工难以维持家庭日常生计，为生活所迫，也开始以说唱《格萨尔》为生，勉强维持一家人的生活。

  艺人的生计有多种渠道，既有来自施主的施舍，也有来自听众的酬金。前面提到的官僚达哇啦就是艺人卡察扎巴和扎巴老人的共同施主。上安多县的波恩寺，规模较大，僧人有150余人，大喇嘛嘎玛乌坚占堆就请艺人才让旺堆为他们说唱；艺人阿达尔也曾为那曲总管拉乌拉达以及贵族强秋帕巴说唱，后者热情好客，甚至把亲朋好友都叫来一起听说唱；那曲孝登寺的六世珠廉活佛也经常请阿达尔为其说唱。阿达尔为这些贵族官僚及寺院喇嘛说唱，使他不仅维持了基本生计，生活也有所改观。作为报酬，阿达尔得到了一些肉、奶酪或钱，贵族强秋巴曾送给阿达尔一百元藏币作为答谢，待日子稍有宽裕，他就与一个比他小十五岁的藏北姑娘结了婚。施主的酬谢对艺人的日常生计与未来生活起着重要的作用。

  贵族、官僚与活佛喇嘛都有可能成为艺人的施主，他们与艺人之间完全基于双方的现实需要建立起来的这样一种供施关系，却无形中对艺人起到了经济控制的作用。施主与说唱艺人之间构成了一个关系场域，施主与艺人的位置不同，拥有的资本与权力也不相同，他们各自为了获

---

① 杨恩洪：《民间诗神——〈格萨尔〉艺人研究》，中国藏学出版社1995年版，第213页。

取更大的利益会充分利用自己的既有位置来最大限度固化这种关系。以往我们在分析《格萨尔》中的"佛苯"二元宗教结构及其冲突时,往往从社会、历史及宗教发展史的角度去研究,恰恰忽视了佛教与苯教寺院对艺人说唱活动施加的经济控制。受众所属的宗教与教派都比较复杂,艺人为了使受众满意,也会有意识对说唱内容进行调整,从而使这些不同宗教或教派的思想与理念都借艺人之口进入了史诗,进而导致《格萨尔》中的宗教思想与内容会呈现出复杂矛盾的现象,这也是不同版本形成的一个重要原因。因而,相比僧人为了宗教目的强行植入宗教教义,艺人为了确立及维持与施主的关系而主动编创史诗,这种方式显然更为主动。

其实,艺人大部分说唱时间还是为广大百姓说唱,来自百姓的报酬最为常见、稳定。艺人才让旺堆以说唱《格萨尔》为生,谁家叫去说唱《格萨尔》,就在谁家吃饭。有时到牧区说唱,这家住上两天,那家住上三天,牧民们则用尽可能丰盛的食物来款待他,走时,主人还会送给他一点路上吃的糌粑、干肉或些许钱币。随着名气越来越大,请他说唱的人也越来越多,生活也就越稳定。[①] 人民大众与艺人形成的这种供施关系为艺人生活提供了可靠保证。

无论是贵族、官僚与寺院喇嘛,还是人民大众,他们既是受众,又是艺人的经济来源,借助双方形成的这种供施关系,受众对传播者施加了经济控制。在《格萨尔》的说唱活动中,经济控制与受众控制具有很大的一致性。这种控制不仅体现在说唱内容上,对于艺人的说唱行为也有很大影响。艺人一般都喜欢在人多的时候说唱,人愈多,兴致也就越高,说唱也就越就成功,受众群体就越大,受传者越多,收入也相对更高。

在旧社会,艺人没有更好的经济来源,说唱就是为了谋生。人民政权建立以后,这种情况有了很大改变,艺人从根本上改变了自己被压迫者的政治身份,基本生活得到了保证,有些艺人已经不再完全是为了谋生而说唱,经济控制也就随之削弱。新中国成立后,巴青县艺人曲扎每到夏季几乎每晚都为牧民说唱,群众为了表达对他的感谢,常常拿出茶

[①] 杨恩洪:《民间诗神——〈格萨尔〉艺人研究》,中国藏学出版社1995年版,第195页。

砖等物品赠送，但他从来不收别人的东西，只喝人们敬的茶。为了方便群众，他还自己买了录音机，将自己的说唱录成磁带放给人们听。可见，人民政权的建立给艺人的生活带来了翻天覆地的变化，再加上国家的一系列支持政策，使得艺人说唱的职业化水平越来越高。因此，《格萨尔》能否在不受任何外界打扰及控制的条件下自由发展，能否自我激发更大的发展活力，是值得关注的。但我们还不得不注意到，可能这些控制因素恰恰就是其保持持久生命力的"灵丹妙药"。此外，有的艺人住到了城里，过起了衣食无忧的生活，外在生存压力没有了，但是说唱的水平却在退化。生活场域的变化，生活水平的提高，却导致说唱水平的下降，这也是我们不得不关注的问题。

四　自我控制

传播学上，自我控制一般指传播者对自身的传播活动主动施加的约束，这有两方面的意义，一是传播者同行之间自发形成的需共同遵守的行为规范；二是传播者按照一般的行为准则与职业道德对自己的行为做出特定的约束。在西藏传统社会，不可能出现什么行业协会，更不可能制定什么行业规则，即使到了当代社会也不会有什么民间小团体对史诗说唱做什么规定，因为这不符合民间文学的发展规律。格萨尔说唱艺人的自我控制主要指同行之间对说唱行为的质疑，以及艺人自我身份认同及心理暗示对说唱活动施加的影响。

《格萨尔》艺人的成长环境与生活阅历各不相同，说唱各有风格，没有什么特别固定的模式，但艺人对史诗的说唱还是会有一些基本的共识，那就是以说唱为主，表演为辅，说唱过程中，嘴皮子功夫才是说明说唱水平高下的关键，谁要是离开这个"共识"，就会受到同行的质疑。在成都一次会议期间，艺人桑珠与其他几位艺人被邀参会表演，同来的还有唐古拉艺人才让旺堆。才让旺堆在说唱"刀赞"时，伴有手舞足蹈的表演动作，桑珠在听完以后对才让旺堆说："我认为只有降故事神在头脑中才能说唱，这是件很神圣的事。可是你那天在会上没有认真地说唱格萨尔，格萨尔的说唱不是靠那样表演的。"才让旺堆答道："只是那天的大会上，有人点唱'刀赞'，我才跳了起来。"最后，桑珠老人还是不认可才让旺堆的回答。① 才让旺堆伴有表演的说唱，在桑珠看来有些不符合艺人说唱的常态，是"喧宾夺主"，甚至有"哗众取宠""耍花枪"之嫌。对说唱艺人的正宗性有着极强认同感的桑珠老人来说，才让旺堆的说唱是不可接受的，明显是旁门左道，或者是为了迎合受众而擅改传统，他甚至认为这样的艺人根本就不配称之为正宗的格萨尔说唱艺人。实际上，才让旺堆在说唱过程中，眼前会出现一幅幅图画，仿如身临其境，因此说唱也往往激情澎湃，这属于说唱风格的问题，然而在桑珠老人的追问下，才让旺堆也只能承认自己的表演只是临场发挥罢了，这说明艺人在面对同行出于维护行业说唱规则而提出质疑时，也存在思想的压力，即使才让旺堆也是同样才华横溢，在本行业颇具影响力，但也要急于声明自己"是降故事神之后才能说唱"，是符合行业说唱规则的。桑珠老人的质疑体现了同行为了维护行业规则做出的努力，这也是艺人们相互间实行自我控制的重要途径。维护传统与"共识"仍是每个艺人的重要职责，维护了传统就等于维护了自己的正统性地位。

有时艺人对其他艺人说唱活动的品评会导致一种舆论的产生，或者这种品评本身代表了大多数艺人的共同看法，那么个别艺人的艺术发挥就会受到舆论或同行的制约，甚至会引起群众的质疑。

艺人的自我认同也是自我控制的一个重要途径。大凡艺人都认为自己的传播活动是在传颂格萨尔大王及其部下的丰功伟绩，并以此为自豪，这种认同感使自己的说唱活动能够更加符合真正艺人的规范。杨恩洪研究员与书写兼说唱艺人格日尖参有过以下对话。

杨：你怎么知道你书写的就是真正的《格萨尔》呢？

格：因为我是《格萨尔王传》中嘎德儿子智直那姆卡多吉的化身，……我相信我是一个真正的《格萨尔》艺人，因为只有真正的艺人才能写出真正的《格萨尔》，我写的与其他艺人说唱的就应该有其共通之处。②

《格萨尔》艺人多自称与史诗中的人与物有这样那样的神圣联系，有的艺人认为自己是史诗中某位人或物的转世，这激发了艺人的自我身份认同感，进而激发了艺人说唱与书写史诗的更大动力。扎巴老人认为自

---

① 杨恩洪：《民间诗神——〈格萨尔〉艺人研究》，中国藏学出版社1995年版，第218页。
② 杨恩洪：《民间诗神——〈格萨尔〉艺人研究》，中国藏学出版社1995年版，第254页。

己是格萨尔大王的神狗拉达江桂的转世，又与格萨尔王误伤的一只青蛙有因缘关系；玉梅则被认为是格萨尔王的妃子阿达拉姆附身。艺人通过身份认同确认了自己正宗职业艺人的重要地位，与普通说唱者划清界限，明确了两者之间的不同之处，从而达到了主动维护行业规则的目的，实现了自我控制。

艺人自身的预期行为或心理暗示也会对艺人产生自我控制，进而影响到艺人的说唱与书写。艺人卡察扎巴在晚年根据自己的说唱内容，努力抄写铜镜中的《格萨尔》，因为他说："铜镜中次仁玛、佣珠玛都对我说，本来你的寿命只有 62 岁，现在由于你写格萨尔的故事，做了件好事，只要你继续努力写下去，你的寿命是可以延长的。"他笃信这一切。自此以后，凡是格办的同志来找他了解情况，他都积极合作，热情地支持工作，没几年他就抄完了 11 部《格萨尔》。

还有些艺人出于自己对说唱行为的认识，会有选择性地说唱某一部分，甚至刻意回避说唱某些章节。这种认识既源于自身的习惯，也源于同行的传统共识。比如多数艺人都忌讳说唱《地狱救妻》一部。多数艺人在自报目录时，都会报上这一部，但往往不说唱。因为这一部中讲述了格萨尔本人完成了人间伟业，从地狱中救出妻子与母亲，他们一起又回到了天界。多数艺人认为讲完这一章后，格萨尔大王交给自己的任务也就完成了，自己也该像他一样回天界去了。因此，很少有艺人会主动说唱这一部本。因此，除了一百多年以前岭仓土司记录整理过一部《地狱救妻》以外，至今还未见由其他现当代艺人说唱的这部本子。

影响艺人施加自我控制的因素很多，既有来自同行的，也有来自自身的，某种程度上，这些因素不仅促进了艺人说唱水平的提高，更提高了艺人的职业荣誉感与使命感。这种控制是艺人出于维护自身群体利益及推动《格萨尔》说唱事业的内在控制。

总之，对作为传播者的史诗说唱艺人而言，政治控制与宗教控制是来自上层建筑的控制，它是依靠自上而下的权威维持控制力的；而经济控制是一种来自经济基础的控制，它是自下而上的；自我控制则是一种来自传播者的控制，是由内而外的控制。不同历史时期，类型不同的控制的作用也不尽相同，在史诗的传播过程中，宗教控制与经济控制体现了较强的民间性特征，对于推动史诗的发展作用最大。

本章小结

　　《格萨尔》史诗的传播者研究与史诗的控制研究是具有重叠性的，本章将传播者的研究及传播控制机制作为研究重点。对前者侧重于微观研究，对后者侧重于宏观探讨。以往，史诗传播者研究多以职业传播者——说唱艺人作为研究重点，不同的是，本研究在兼顾传统研究领域的基础上，突出了普通传播者在史诗传播中的重要作用。借助对普通传播者的分类，较为深入地探讨了普通传播者的来源及构成分类问题，也兼顾到了不同类型的普通传播者在史诗传播中所起到的不同作用。普通传播者在史诗的早期酝酿阶段起到了至关重要的作用，随着史诗的渐趋成熟，职业艺人逐渐取代了普通传播者，承担起了传承史诗口头传统的重要职责。然而，作为艺人说唱活动的重要组成部分，普通传播者往往同时兼具受传者的身份，对艺人的说唱内容进行信息反馈，成为其影响传播活动的主要形式。按照史诗的发展阶段，可以将普通传播者的存在划分为两个阶段，一是在民间传承格萨尔英雄传奇故事的普通传播者，这时尚无职业艺人的出现，他们的作用便显得至关重要，他们不仅孕育了史诗，更从中脱颖而出了最早的一批职业艺人；二是在史诗的成熟发展期，职业艺人出现以后，普通传播者作为其中的传播单位成为职业传播活动的一部分，为职业艺人提供了更多的素材，但此时的他们已经再无力左右传播过程了。无论哪个阶段，职业艺人都是从这些普通传播者中产生的。

　　职业艺人的出现大力推动了《格萨尔》史诗的传播，他们的出现是史诗自身发展的必然结果，也是其保持活形态的最主要因素。艺人因其经济地位低下，迫于生计只能选择说唱史诗作为谋生职业。艺人从人民中来，代表了人民大众的审美诉求，然而其对史诗的编创及传播并非随心所欲，要受到说唱传统的制约，体现了规约性与自主性的统一。艺人说唱的内容充满了"神圣"，而自身也非常渴求获得"神圣"的身份认可，毕竟神圣之人传诵神圣之事才会更为人接受和信服。为达此目的，最好的途径就是与宗教建立关系。宗教与《格萨尔》史诗有着很深的历史渊源，前者不仅为史诗提供了素材，有些宗教人士后来还直接成为职业艺人，即使那些来自民间的艺人要想成为真正的说唱歌手，也必须与寺院建立某种实际关系以此来获取"神圣"，以此提高自己的身份与专业认可度。职业艺人的具体工作分为四个相互关联的传播阶段——收集信息、加工信息、收集并处理反馈意见及依据反馈修正传播行为。尤其是在收集信息与加工信息阶段，职业艺人对素材进行"把关"，整个把关过程体现了"两个原则，一个矛盾"，从根本上来看，两个原则之间的冲突是对现实社会的反映，但史诗文本中却隐约体现了职业艺人试图调和这种冲突的努力，这种调和又为受众塑造了一个拟态的文化信息环境。《格萨尔》史诗不同的主体形态与受众群体也建立起了以圈层关系为主的传播关系。

传统社会里，艺人的说唱活动具有很大的影响力，既沟通传播了信息又弘扬了宗教思想，是藏传佛教主流意识形态的"喉舌"，承担着较多的社会职能。正因为此，《格萨尔》史诗的传播也受到了来自政治、宗教、经济及自我的多重制约。这种控制既对传播活动进行了规约，客观上也促进了史诗的进一步发展。实际上，艺人出于多种考虑对这种控制既"习以为常"，又"心甘情愿"，甚至积极参与了控制制度与传统的"制造"。

第 二 章

《格萨尔》史诗的内容研究

在史诗的传播过程中，传播内容是一个必不可少的重要因素，占据主要地位。史诗的传播内容不仅要体现信源与传播者的真实意图与愿望，还要受制于各种外在控制因素，最后才能为受传者所接受和理解，直至达到预期的传播效果。本章研究涉及史诗内容的传播学特性、《格萨尔》史诗体在传播过程中的变异及人物刻画，通过以上分析，有助于我们从微观角度认识史诗的内容特性及其在传播过程中的变化。

第一节 史诗内容的传播学特性

所谓"内容"就是指各种信息的总和。《格萨尔》史诗反映了藏族生活方方面面的特色传统与文化，既是藏民族的一部包罗万象的"百科全书"，又是一个储量巨大的信息库。从而，史诗的传播过程实际上就是信息的交流过程。什么是信息？不同学者提出了不同见解，但究其实质，信息就是减少或消除收信人对信息的某种不确定性，信息就是不定性减少的量。维纳从控制论的角度提出："有效行为必须通过某种反馈过程来提供信息，看它是否达到预定目标。"[①] 从此一方面考虑，《格萨尔》史诗的传播过程实际上也就是一个向受众提供信息的过程。

从信息论的角度来看，《格萨尔》史诗是一个开放性的信息系统，其内部既有稳定性较强的融于传统的旧内容，也有紧随时代发展随时补充的新内容，史诗内容就是信息的载体。无论是哪种来源的信息，如果一

---

① 吴文虎主编：《传播学概论》，武汉大学出版社2000年版，第152页。

个受传者第一次听说并能够引起其态度变化,就认为其通过史诗接受了信息;如果一个受传者认为艺人的说唱大部分为"老生常谈",但他从这些"旧"信息中听出了"新意",或者思考感悟到了以前从没有听过的新内容,并进而引起本人态度及行为的变化,这也称之为其接受了信息,史诗是受众所受信息的载体。既然如此,史诗中的信息既具有一般信息所具有的基本属性,又有其区别于常规信息的独特属性。

一 信息综合性

《格萨尔》史诗内含了丰富的民间生活事象与宗教道德规范,反映了各个历史时期、社会各阶层的社会价值观念与社会生活风貌。《格萨尔》中既有大家普遍接受的宗教伦理说教与宗教仪式实践,也有佛、苯斗争的影子;既有民间文化生活百态,也有共同的社会生活规范。史诗中宗教思想凸显,比如,佛教的因果报应与六道轮回思想等;属于原始信仰苯教的男神崇拜、战神崇拜与龙神信仰等在史诗中也有遗存。而且史诗内容历史跨度长,涉及宗教种类派别多。因此诗中关于宗教思想的唱词比比皆是,如,关于因果报应的有:

> 对于作恶有罪者,息诛善巧慈悲调。
> 与我有善恶缘者,因果报应使知道。
> 将来生我教化土,终久能把佛果证。①

涉及六道轮回思想的有:

> 世间谚语说得好:喇嘛想啥想利他,
> 教化六道信佛法,便不枉修慈悲心。②

总之,佛教思想、苯教思想及民间信仰共存于史诗中,使《格萨尔》史诗内容呈现多元宗教生态。

---

① 王兴先主编:《格萨尔文库(一)》,甘肃民族出版社1996版,第31页。
② 王兴先主编:《格萨尔文库(一)》,甘肃民族出版社1996版,第37页。

史诗中大凡英雄出战，大都会提前祭神。在祭祀仪式上，各方神圣纷纷出来助战，既有佛教神灵与苯教神灵也有地方神灵，好不热闹，诸如善神、战神、畏尔玛、索道尔、保护神与十二丹玛女神等就经常参与人间争斗。格萨尔就曾这样呼唤战神为自己助战：

种种现见刹土的，　　　　具誓护法神和保护神；
受命随我身边的，　　　　成千战神上万畏尔玛；
还有维护善业当方神，　　请都帮助我来显神通！①

史诗中涉及佛、苯斗争的描述也很多。格萨尔曾经与叔叔晁同商议消灭名叫阿乜祖米的恶咒师，其人便是外道苯教的掌门人，他加害一切生灵，夺取众生性命。格萨尔在抓住阿乜时就唱道："外道苯教的邪教徒，在这里受刑挨屠刀。"历史上，佛、苯斗争历时长，作为流传千年的活态史诗而言，自然会掺杂些宗教斗争的内容。而且随着两派宗教斗争的胶着，史诗中也出现了一些自相矛盾的宗教内容与情节描写，这使得宗教方面的信息在史诗中体现得更加繁杂。

当然，作为藏民之间口头流传的活态史诗，《格萨尔》史诗中不仅存在着属于上层建筑的宗教说教，还有很多乡野民俗事象也富蕴其中，而且相比较而言，后者显得更为精彩。其中最为典型的就是大量运用了民间俗语、谚语，这些民间语言言简意赅，富含深意，哲学思想丰富，反映了人民大众的价值观与审美诉求。诸如：

掠夺财富男儿不仁，
为官不清无异盗贼，
骚扰地方苦了生灵；
母亲无德娇惯子女，
姑娘无行跟人私奔，
美满家庭从此溃崩；
逞能之徒貌似强横，

---

① 王兴先主编：《格萨尔文库（一）》，甘肃民族出版社1996年版，第255页。

偷袭孤军英雄耻笑，
贻害国家殃及黎民。

简单几句谚语就把人民大众对男儿、官员、母亲、姑娘、逞能之徒的看法活灵活现地呈现了出来，凸显了老百姓对善、恶、美、丑的价值判断，既生动形象，又寓意深刻。

史诗中还有许多藏族民间活动、娱乐、节庆、民俗、仪式与庆典等方面的内容，从而大大提高了《格萨尔》的文化价值，难怪有些专家学者称史诗为"藏民族的百科全书"。艺人在说唱《格萨尔》史诗的同时，也是在向民众传播历史信息与社会信息，民众也通过这些综合性极强的信息来建构自己的口头史，对于百姓来说，《格萨尔》就是他们的《史记》。

二 价值共享性

从大小文化角度来讲，《格萨尔》史诗内容可总体分为两大部分：以藏传佛教为代表的大文化传统，上层社会的僧侣贵族是其主体；再一个就是以人民大众为代表的小文化传统，底层社会的劳苦大众是其主体。这两种不同的文化传统分别有着自己的文化体系，拥有自己的文化价值观，具有相对独立的空间。特定社会中，大小文化传统的互动不可避免地会产生冲突，这就需要一定的文化载体或物质载体来实现并完成这种文化沟通。《格萨尔》史诗就承担了协调大小文化冲突的责任，成为两者沟通的媒介。

在《格萨尔》史诗这个包罗万象的舞台上，不同的文化百花齐放，完美融合，不同阶层都从这里汲取营养、获取信息，史诗信息因而具有鲜明的共享性。这种共享实际上涉及两个层面的问题：一是宗教思想及其价值观的平行传播与下向传播。宗教思想的平行传播就是在宗教界不同教派之间的传播，主要表现为佛、苯斗争；下向传播则是指佛教的民间化过程。二是民间文化的平行传播与向上传播，主要体现为两个维度与两个向度上的传播与接受问题。

以往，有些学者对《格萨尔》史诗的宗教倾向存有很大争议，有的认为史诗的主题倾向是抑佛扬苯，后来有的学者又认为是抑苯扬佛。从一元论的研究视角出发，我们认为史诗中只存在一个公认的价值观。然而，从目前的资料来看，《格萨尔》的主旨就是格萨尔扫灭妖孽，弘扬佛法。总体来看，史诗的宗教思想是抑苯扬佛的。然而从一些较早的本子来看，苯教文化影响很大，格萨尔王的战神既有佛教神灵也有调服的苯教神灵，格萨尔王的叔叔晁同不也自称为"内苯"吗？这样看来，似乎哪种说法都不妥当。所以在探讨《格萨尔》的宗教倾向时，我们不能只看其中一个本子，而是应将目前搜集到的所有本子都纳入观照视野中进行总体把握，要认识到史诗中存在的这种二元宗教结构正是历史上佛、苯斗争的结果。这个大、小文化传统融合的过程，正是《格萨尔》作为媒介实现宗教价值观共享的过程。

历史上确实存在有些教派的寺院不允许说唱格萨尔的情况。比如格鲁派寺院就是这样，但是这并不是说《格萨尔》所传播的信息对这些寺院的僧人没有一点吸引力。有些给艺人开启智门的上师就来自格鲁派，一位不屑于《格萨尔》艺术的活佛是不会给说唱艺人开启智门让他传播"歪理邪说"的，还有的格鲁派活佛家中也藏有《格萨尔》手抄本。至于有的寺院不允许说唱《格萨尔》的问题，也并非完全是其内容存在宗教价值认同问题，而是主要考虑到以下三个因素：一是严格的学经制度与随意的说唱活动存在矛盾，为了严格学习管理而禁唱；二是有些寺院的护法神曾经被格萨尔王打败，出于信仰习俗，也禁止在寺中说唱胜利者的故事，如拉卜楞寺；三是由于史诗中存在一些男女情爱之事，语言虽质朴却稍有露骨，被认为有伤风化，不能登大雅之堂。尽管如此，个别僧人还是会利用假期或节庆活动等机会悄悄到寺院外聆听史诗。

不光寺院有这样严格的教条规定，有些区域内艺人只能说唱《格萨尔》的某些固定片段。如四川的炉霍县在历史上曾经被格萨尔王打败，因此在这里只能说唱格萨尔王倒霉的片段，这属于当地文化禁忌，不能看作是文化整体价值观的差异。还有些地方虽然也信奉藏传佛教，但基于民间传统，弘扬格萨尔英雄故事的史诗却不能说唱，这是佛、苯斗争纠结于历史与现实的体现。

在史诗的传播过程中，尽管存在一些文化禁忌，但史诗并非为某一教派或其信众所独享，而是受到了广大受众的欢迎，有些基本价值观是被广泛接受的，因此具有广泛共享性。

史诗的传播就是推进佛教思想民间化的过程，同时完成了佛教思想的下向传播。

史诗中丰富的民间文化与宗教教义融为一体，僧人借助史诗传播宗教的前提就是首先要认可接受这些民间文化，最终的结果就是民间文化搭上宗教这班"车"实现了上行传播。艺人游走高原，将各地的风土人情融为一体，传播至各地，实际上也是实现民间文化信息平行传播的过程。

佛教思想与民间文化的平行与交互传播过程最终实现了史诗信息的共享性，说唱艺人在整个过程中都居于主导地位。

三 系统开放性

《格萨尔》史诗就像一个民间艺术的"聚宝盆"，包罗万象，这还得归功于史诗具有一个庞大的信息库。《格萨尔》信息库是指还没有经过艺术加工的信息集合体，信息库的形成与史诗信息系统的开放性与变化性是分不开的，各种社会文化信息通过多种渠道不断进入《格萨尔》开放的信息系统中，最终导致《格萨尔》内容的不断扩充。《格萨尔》史诗信息系统的扩充主要通过三个渠道：一个是史诗通过增加传播媒介来扩大影响与受众群团体，进而进行更大范围的信息流通及吸纳；二是通过历史的传承与记忆来累计文化信息；三是通过自身机能来主动完成信息的传播与吸纳。

历史上，《格萨尔》史诗具有两种传播媒介，一是口头，二是纸张。人类最早的传播就是通过口头进行的面对面的人际传播，这种传播形式声形并茂，形象生动，传播效果好，然而受众面太窄。《格萨尔》史诗的传播最早也是通过口头进行的，是史诗传播的最主要途径，也是活态史诗的重要特征。口头传播中，浪迹高原的艺人将所见所闻（即信息源）通过认知纳入史诗素材的信息系统，完成了信息的输入，最后再通过艺人的信息再加工进入传播渠道，进而完成了信息的共时扩充。有些说唱史诗的艺人几代相传，因此烙下了深刻的文化印记。比如四川艺人阿尼的说唱就受到了德格艺人狄穷巴青、色达艺人仁真多吉及昌都艺人的影响，同时他的爷爷也是说唱艺人，这些人的风格、语言与情节都会以信息的形式进入阿尼的说唱信息库。

藏族社会早在 7 世纪时就有了藏纸，史诗又增加了一种传播媒介，史诗传播终于不再是"口传"一枝独秀。后来，有些僧人为了借助《格萨尔》史诗传播宗教教义，将大量的宗教内容置入史诗，书写出来，使原本极具乡野特色的《格萨尔》变成了宗教意识形态极浓的喇嘛"道具"，变成了人民大众可以普遍接受的"经书"。宗教内容的大范围植入在一定程度上也扩充了《格萨尔》的内容。这些僧人大多不直接说唱，而是通过赠予等形式将编撰好的、宗教色彩极强的史诗文本交给艺人说唱。

千百年来，绝大多数艺人完全凭借口头传承，师徒相传、父子相传，没有间断。《格萨尔》史诗通过不断吸纳各个历史时期的社会政治信息与生活信息进入传播系统，再通过代代相传，内容不断丰富，史诗信息库也越来越庞大。现在，我们仍然能够在史诗中找到一些重要历史事件的影子，而从史诗中探寻历史的影子一直是格学研究者所追求的重要内容之一，学界对格萨尔主人公原型的讨论至今都没有停止的迹象，就是很好的说明。《格萨尔》既是一部伟大的民间艺术文学作品，也是一部百姓口耳相传、自我言说的真实历史，既不是断代史，也不是编年史，而是一部"纪传体"的民族历史。将几千年的藏族历史集于一部史诗中，信息是何其庞杂丰富，然而史诗《格萨尔》就是这样一部集大成者。

就算有了充足的信息，未必就能完全被史诗特定信息系统所吸纳，因为这还取决于史诗自身对信息的处理功能。《格萨尔》史诗独特的艺术结构，保证了这些信息能够最大限度地进入史诗传播系统。降边嘉措先生认为《格萨尔》史诗以人物为中心联结全诗，以事件为中心组织各部，具有连环扣式的结构安排。[①] 王哲一先生则从系统论的角度分析了《格萨尔》单纯而又复杂的结构，认为格萨尔的一生自天而降，来到人间，降伏妖魔，征战数十年，修成正果，终又返回天界，这是一个封闭系统。王兴先生则称之为《格萨尔》史诗的"环形结构"。史诗以格萨尔的一生活动为基本线索，由这个封闭系统构成了整体框架。这个环形结构在形式上的封闭性是就其首尾相连（从天上来又回到天上）而言，环形结构功能的开放性使得史诗在流传过程中把许多历史事件、人物传说、神

---

① 降边嘉措：《〈格萨尔〉的结构艺术》，《西藏民族学院学报》1986 年第 1 期。

话故事及趣闻轶事吸收入史诗信息库中。① 最典型的就是分章本不断扩充为分部本。艺人在加工信息、编创史诗时也采取了"添枝加叶"或"节外生枝"式的创作。② 史诗情节的封闭性、编创的模式化及史诗整体的环形结构使得史诗在流传过程中不断吸纳各种信息，像滚雪球一样越滚越大，最终形成了卷帙浩繁的英雄史诗。

四　内容通俗性

《格萨尔》史诗广泛流传于信息相对不发达的藏族传统社会，因此史诗最大程度地囊括了所在地域范围内的自然信息和社会信息。史诗的通俗性是其拥有庞大受众群的前提。千百年来，史诗成了藏族百姓进行信息沟通与交流的重要渠道。社区节庆或仪式中的史诗说唱活动积聚了群体受众，沟通、交流了信息，史诗与百姓的日常生活可谓是息息相关。不仅如此，史诗在满足受众艺术需求的同时，也提供了受众所需的多种文化信息，长期以来受众便逐渐由内而外地对《格萨尔》史诗形成了一定的依赖感。

《格萨尔》中，既有贴近生活的民间俗情，也有深奥玄妙的宗教思想。艺人将艰涩难懂的宗教信息与生活实际紧密结合，再通过口语化形式表现出来，使其变得格外通俗易懂，人民便于接受理解。岭国呷虾洛·丹巴在迎接格萨尔班师回营时唱道：

　　罗睺往来的险路上，
　　群星部众均拆散，
　　人类的太平盛世里，
　　佛法才能得弘扬；
　　风调雨顺的苗田里，
　　六谷才能得丰收。
　　……

---

① 王哲一:《〈格萨尔〉结构形式和结构功能考察》，《格萨尔研究（2）》，中国民间文艺出版社1986年版，第189页。
② 扎西东珠、王兴先编著:《〈格萨尔〉学史稿》，甘肃民族出版社2002年版，第98页。

> 我等守家的妇女和官臣，
> 由于三宝佛加持，
> 诸事如意处于安乐中，
> 到处都是幸福的海洋。
> 请君臣部众记心上。①

短短几句唱词却点出了佛教与百姓生活的紧密关系。佛法要得到弘扬就必须有一个和平安定的社会环境，就如气候的风调雨顺与六谷丰收的关系一样。反之，佛教也为百姓提供了很大的助佑，诸事如意与万民幸福都赖于佛教三宝的加持。艺人将本来玄奥的佛教思想进行通俗化阐释，把神圣的宗教拉回到人间，并在两者之间建立了互为依存的密切关系。在一个佛教思想盛行的社会里，这种关系很容易被实践与舆论所引导和强化，最终作为一种集体意识被部众所接受。故此通俗化是史诗稳固并扩大受众群体的必然选择。

史诗中的语言艺术高超，朴素自然，大量运用了口语与民间谚语，做到了哲理性与通俗性的很好结合。拉达克王旋努呷沃曾唱道：

> 一名僧奸坏过俗奸百名，
> 一名僧奸就能败坏佛门；
> 一名内奸胜过强敌百倍，
> 一百内奸能倾一国朝廷。②

僧俗奸臣的破坏性，寥寥几句就交代得十分清楚，增加了史诗的感染力。

仓尉俄鲁送角如（幼年格萨尔）帽子时唱道：

---

① 邓珠拉姆、格桑曲批译：《松巴与岭国之战》，载四川省《格萨尔》工作领导小组办公室编《〈格萨尔史诗〉资料小辑（七）》，第 228 页。
② 意希泽珠、许珍妮译：《征服雪山水晶国》，载四川省《格萨尔》工作领导小组办公室编《〈格萨尔史诗〉资料小辑（五）》，第 94 页。

……
所谓长相在肌肤,是个无常幻化身,
实际只是鹰犬食。神像庄严靠颜料,
若无灵力是土石。上师庄严靠袈裟,
若无证悟是冒充。青年才俊靠武器,
若无勇气是懦夫。姑娘漂亮靠装饰,
若无见识是废物。美貌岂能御寒冷,
漂亮哪会当饭吃。美丑是用眼区分,
善恶全凭心辨识。角如你若喜美貌,
我就把它献给你。①

用极其通俗的民间语言,就把神像、上师、青年与姑娘的本质刻画得简洁明了,前后对比,令人印象深刻,这种语言既通俗易懂又不乏哲理,极易为百姓所接受。再如,大女儿珠毛私订终身,受到妈妈阿吉指责,她辩解道:

岭地的三姐妹,
去挖蕨麻去。
走到半路上,
自愿把亲许。
选了杏儿肉,
没要杏核子。
珠毛自有好姻缘,
妈妈何必生闲气!②

阿吉在挖苦大女儿珠毛自愿许给穷小子台朗贝吉时,唱道:

---

① 王兴先主编:《格萨尔文库(一)》,甘肃民族出版社1996年版,第233页。
② 王沂暖、华甲译:《格萨尔王传(贵德分章本)》,甘肃人民出版社1981年版,第29页。

>   ……
>   私自挑女婿。
>   不要红苹果，却要绿叶子。
>   珠毛你这傻丫头，
>   好姻缘被你断送到底。①

这个对话就像是日常生活中的母女斗嘴，多么熟悉通俗、形象生动，很容易就能激发受众的共鸣。

口语是人民大众在生活中运用集体智慧创造的语言，最贴近生活，能指与所指最为明确，能够最为精细地反映百姓的心理特征及保留人民大众的生活原貌。《格萨尔》史诗中就大量运用了口语化语言，使史诗的情节描写生动活泼，情感色彩浓厚，可见史诗内容的通俗性与语言的口语化是分不开的。从这个意义上说，每位艺人都算是一位出色的本色派诗人。

归根到底，《格萨尔》史诗语言的通俗性主要还是由口头传统的民间性决定的，是与孕育史诗的人民大众分不开的。古代社会，传播多为面对面的人际传播，即时性与口头性很强，因此，艺人在向受众传送信息时，往往没有更多的时间进行艺术加工，这种即时"拿来"的民间语言朴素但不粗俗。歌德说过："对艺术家所提出的最高要求就是——他应该遵守自然，研究自然，模仿自然，并且应该创造出一种毕肖自然的作品。"② 从这个意义上来讲，《格萨尔》史诗的语言已经达到了艺术的最高境界。

五 情节娱乐性

民间文化中有很多涉及宗教、伦理、道德、社会规范等方面的内容，这些内容引导受众增强对社会问题的认识，从而有助于受传者实现个人的社会化。还有些内容则完全属于娱乐性与消遣性的。正是史诗的娱乐

---

① 王沂暖、华甲译：《格萨尔王传（贵德分章本）》，甘肃人民出版社1981年版，第29页。

② 转引自朱光潜《西方美学史》，人民文学出版社1979年版，第72页，第415页。

性,既为《格萨尔》吸引并维持了受众群体的规模,又为其源源不断地注入了发展新活力,使其传唱千年而不朽。

史诗的娱乐性不仅表现在为受众群体提供了娱乐途径,《格萨尔》中也有很多情节在描述大众"狂欢"。比如,角如赛马称王时的赛马比赛就是一次部落"狂欢"。史诗如此叙述别具特色的赛马会:

> 这次赛马会非同寻常,各兄弟部落都出动了人马。他们是上岭赛巴八兄弟部落,由长支的猛虎九勇士率领兄弟部众,身穿金光闪闪的黄缎袍,犹如太阳照亮金山一般前来参赛。中岭的翁布六部,由中支的八大勇士率领手下部众,身穿银光闪闪的缎袍,如像月光照耀雪山一般前来参赛。下岭的牟姜四部,由小支奔巴的七位英雄率领部下勇士,身穿蓝宝石色的青缎袍,像是乌云聚集天空一般前来参赛。此外,参加赛马的还有右翼的噶部,左翼的珠部,达戎十八大部,德弥措玛宝部,富有的嘉洛部,丹玛河阴河阳部,擦香九百牧户部等各大部落。总之,上、中、下三部岭地的所有英雄弟兄们,各个都穿着六饰盛装,豪气满怀,喜气洋洋地聚集在一起。
>
> ……这时,前来观看赛马的人们,像是天空密集的云团,地上无数的微尘一样,已经集中起来。周围邻邦的大多数民众也会集到了那里。各部落参赛的马匹列成了马队,向阿乌底山下浩浩荡荡地走去。
>
> 这时候,嘉洛·僧姜珠牡、俄洛·乃琼、卓洛·贝噶拉孜、总管女儿玉珍、擦香的姑娘孜珍、亚塔的姑娘赛措、晁同的女儿超茂措等一帮姑娘身着华丽的服装,好像天工神造;各种宝珠装饰,犹如龙王惠赐。一个个美丽无比,可爱迷人。她们一起去到拉底山上煨起了桑烟,回头又去鲁底山上与观众一起观看热闹。
>
> ……这时,在前方空中飘来朵朵白云,升起了缤纷的彩虹,手捧彩箭和宝盆的吉祥长寿天女五姐妹出现在彩虹中间,其中的姑母贡曼婕姆开言道:"冬赞已经跑在前,角如莫停快急追!轻视、懒惰、心不专,这是障碍利他三弊病;战神能阻玉鸟马,却难挡住冬赞的路。"
>
> ……角如便对着玉鸟马的耳一连大喊三声,玉鸟马便像月亮从

罗喉口中吐出一样，逐渐恢复了过来。这时，大部分兄弟勇士都快接近金宝座了，角如赶紧策动他的快速风轮马，抢先一步到达，登上了金宝座。

……聚集在他高高举起的事业胜幢前面看热闹的天众和凡人们，都把赛马取胜的事广泛进行传扬，就如同夏季暴风雨中的雷声响彻云霄一般，传遍了地下、地面和地上一切方位，使众生们对此无不耳闻目睹。

从现在起，他抛弃了丑陋的形象，显现出了奇异俊美的相貌，成为世间一切众生眼中美男子的典范。就连大地也因他的神威而摇撼震动。在天空彩虹中间，众多的天神与保护神也为他唱着吉祥的歌曲，降下缤纷的花雨。①

赛马前，鼓乐喧天，各部英雄豪杰纷纷出场挑战，各家美女盛装打扮，各路神仙也来助阵，敲法鼓，吹发号，鼓乐喧天，十分热闹；赛马过程中，人神参与，赛马者为了取胜，运用各种办法，耍尽各种伎俩，有时神还出面提醒督促自己的钟爱者；成功者受到拥戴，百姓为之欢呼，神仙为之歌唱，好不热闹的民间赛马活动，这不正是至今还存在的草原赛马节吗？

格萨尔就是在这样的一场集体狂欢中登上了王位，这个热闹非凡的登基仪式暗示了格萨尔的称王具有深厚的群众基础。

史诗的内容不仅包括这些文字符号，还包括许多非语言符号，比如艺人的道具及表演过程中的即兴舞蹈等。据学者考证，史诗的说唱形式应当是主动接受了雏形藏戏的表演形式与音乐文化。② 艺人在说唱过程中，他们的眼神、表情、手势、扭姿与步态等都是传播信息与内容的重要组成部分。非语言符号的广泛应用大大增强了史诗的娱乐性与感染力。

在古代社会，记谱是一件难事，为了传承乐谱，便形成了一些具有固定形式的谱调。史诗中就有一些音乐曲调，比如，英雄逞威调、百灵

---

① 王兴先主编：《格萨尔文库（一）》，甘肃民族出版社1996年版，第244页。
② 郭晋渊：《〈格萨尔〉史诗的藏戏文化》，《西藏研究》1991年第4期。

六变调、嬉戏变换调、白鹭翱翔调与弦琴妙音调等，诗中人物针对不同的对象或在不同的语境下要用不同的唱调。这更加丰富了史诗中的娱乐化特征。

《格萨尔》说唱的戏剧化倾向、唱词的音乐化及诗中内容的"狂欢化"特征，使史诗的娱乐性越来越强。

第二节　故事情节的变异

《格萨尔》史诗是藏民族千百年来集体智慧的结晶，卷帙浩繁，既包含有丰富的神话故事，又有各社会历史时期文化事象，被誉为藏民族的"百科全书"。《格萨尔》长久以来主要依靠艺人口头说唱的形式得以传承，艺人游走高原各地，见多识广，将所见所闻都纳入史诗素材库中，最终成为史诗主题内容的重要组成部分。《格萨尔》素材库是史诗人物与故事情节的源泉，因此素材库的任何变化必然都会引起史诗系统的变化。

《格萨尔》史诗体之"体"，是物体之"体"，非仅指文学体裁之"体"。"体"主要涉及史诗的本体变化，所指既包括《格萨尔》的章、部的文本形态及版本关系，也包括史诗的篇幅大小与整体情节结构，当然也包含史诗体裁的演变。要想全面考察《格萨尔》史诗体，必须从共时与历时两个维度来进行。

《格萨尔》史诗的发展过程实际也是一个"史诗体"不断膨胀的过程，这主要体现在三个方面：宏观层面上是分章本与分部本版本多类型化，中观层面上是整体故事情节结构的复杂化，微观层面上是同一故事情节处理的多样化。就《格萨尔》史诗的发展情况来看，很难断定到底是情节的变化导致了由"章"向"部"的发展，还是反之带来的影响，但可以认为，史诗素材库的扩大对史诗的章和部的发展与情节变异的影响几乎是同时存在的。

一　复杂的章部本体系

目前来看，分章本的史诗情节较为简单，而分部本的情节相对来说就复杂多了，因此我们认为史诗是在分章本的基础上逐渐发展形成了分部本。但是这里存在两个问题：一是某种类型的分部本是以《格萨尔》

分章本为母本，在其基本情节基础上扩展而成；二是因为流传地有些故事与格萨尔故事基本雷同，进而将之安排在格萨尔故事的部分人物身上，从而产生《格萨尔》的新部本，这就是有的学者所说的"添枝加叶"或"节外生枝"式的创作。① 正是艺人的这种双向加工才最终导致史诗部本的不断增加，形成庞大的《格萨尔》史诗体系。

不同分章本的章节数目及情节发展存在差异。目前已经发现的分章本子达三十三部之多，每个部本章节也不尽相同，如贵德分章本有五章，四川玉科分章本为十八章，四川木里分章本为二十四章，拉达克本为七章，祝夏本为四章，达维·妮尔的本子为十三章。

分部本出现以后，不同艺人说唱的部数及内容的差异更为明了地凸显出来。有些分部本动辄几十部之多，例如杰出说唱家扎巴老人报出的说唱目录就有四十三部，生前已说唱二十五部，曲扎的本子有四十一部，玉梅的说唱部数达七十部（宗），才让旺堆的说唱部数有一百四十六部之多，而格日尖参的部数达一百二十部。这些本子主体内容都基本一致，区别主要在于情节与文字修辞等方面的差异，各有精彩之处，不再赘述。

二 故事情节的变异

《格萨尔》史诗的章节与部数的衍生也导致了史诗情节内容的复杂化与模式化。各种分章本的主干情节基本一致，那就是神子格萨尔为了降魔、拯救黑头藏人降生人间，幼年吃尽苦头，长大通过赛马等形式取得王位，降伏四方妖魔，拯救百姓之后回到天国的故事。最初，分章本也流传高原各地，不同部落地域的风土人情及故事神话纷纷被纳入史诗信息系统，从而也造成各种分章本的"情节大致相同、风格迥异"的特点。

《格萨尔》贵德分章本是目前发现的最具原始风格的本子，据王沂暖先生考察，这个本子宗教思想较少，语言简洁凝练，富于生活气息与乡土味道，具有浓郁的民族特色。有专家甚至认为，许多分章本子都是在此本基础上改编而成的。因此，贵德分章本在格学史上具有重要的研究价值。贵德分章本的五章内容主要是：

---

① 扎西东珠、王兴先编著：《〈格萨尔〉学史稿》，甘肃民族出版社2002年版，第98页。

第一章，在天国里。观世音菩萨看到下界非常混乱，妖魔横行，百姓备受欺凌，就派白梵天王的第三子顿珠尕尔保下界降魔。

第二章，投生人间。格萨尔投生岭国僧伦王家，出生时祥光普照，相貌非凡，叔叔晁同设计杀他，但得神护佑的格萨尔却屡屡化险为夷，没能得手。

第三章，纳妃称王。台贝达郎向叔叔们索要了属于自己的财产后，大显神通，部落贤达、长辈及百姓咸朝拜，四方皆归附，自此称为世界雄狮格萨尔大王，接着纳珠牡为大妃。

第四章，降伏妖魔。次妃梅萨被魔王抢走，格萨尔前去营救，随之爆发魔岭大战，格萨尔在魔王妹妹阿达拉毛与魔臣香恩的帮助下，杀死魔王救出梅萨，后因梅萨担心回岭国后珠牡与其争宠，便给格萨尔灌迷魂酒使其与自己和阿达拉毛留在魔国多年。

第五章，征服霍尔。霍尔王欲占美女珠牡，趁格萨尔居魔国未归之机出兵岭国，发起霍岭大战，在内奸晁同的帮助下，霍尔王最终掠走珠牡。格萨尔归国后严惩内奸晁同，只身往霍尔救珠牡，后在怯尊的帮助下救出珠牡，并降服敌将梅乳孜。

这个本子虽说故事情节简单，但不乏质朴纯洁之美。但是如果按照后来分部本的标准衡量，这个本子也只能算是片段。就连第五章《征服霍尔》末尾也声称"这就是格萨尔大王降服黄霍尔的一段故事"[①]。连译者王沂暖先生也不得不怀疑这个本子似有残缺，可能不止五章。这种不完整首先就体现在篇幅上，整个本子各章很不均衡，仅第五章就占据了全文的一半以上，前面四章略显单薄。由此，也可看出整个史诗发展的总体过程的规律，即单章内容逐渐增多，随后由扩容的章再演变为部。

还有些分章本之间内容情节变化并不很大。拉达克藏文本《格萨尔王传》分为七章，其中有五章与贵德分章本相同，而第一章与第四章为拉达克所独有。由于分章本受篇幅及内容所限，各种本子不太可能出现大的差异。

除史诗的分章本之外，还出现了一种以《格萨尔》故事为原型在民

[①] 王沂暖、华甲译：《格萨尔王传（贵德分章本）》，甘肃人民出版社1981年版，第318页。

间流传的《格萨尔》传说分章本。这类本子有四川南坪白马藏族的《阿尼·格萨尔》、四川阿坝的《格萨尔的传说》、云南宁蒗普米族中流传的《冲格萨》、卫拉特蒙古的《格斯尔传》以及国外的祝夏口述本《凯斯尔的冒险》与锡金的《岭·格索怎样降服世界一切恶魔》等本子。学者古正熙称这类本子为格萨尔传说分章故事本。

《格萨尔王的传说》流传于阿坝的农牧区，20世纪80年代由泽旺搜集翻译。这个本子篇幅不大，但故事性较强，韵散结合，以散为主，共分九章，分别为：

第一章，老查干上天求仙童
第二章，小觉日宫外胜敌奸
第三章，变地娃智勇除内患
第四章，格萨尔赛马登王位
第五章，老臣说媒岭王迎妃
第六章，汉地磨炼喜遇奇缘
第七章，国破家散习法修性
第八章，亲人相助降魔救妻
第九章，凯旋归来兴国寻母

与贵德分章本相比较，这个本子就没有降服霍尔的故事，但比贵德本多出了兴国寻母一章。整个故事一开始的社会大背景就被魔国的战争阴霾所笼罩，而且在征服魔国之前的故事情节非常丰富，除内奸、赛马登位、汉地磨炼等内容在故事中都有描述，整个故事有始有终，颇有趣味。故事分章本多流传于更为偏远的藏族居住区或藏族与其他民族的混居区，这些地方社会历史更趋复杂，文化形态更加多样化，原本无多少瓜葛联系的信息进入史诗传说系统后，再经过整体融合加工，最后形成的传说故事肯定会比史诗分章本更为丰富，篇幅虽短，但地域性往往更浓厚，趣味性也更强。

在整体故事安排上，贵德分章本则结构简单，无太多插曲，情节直白，容易理解。整体框架为：天界神子——投生凡间——纳妃称王——魔岭之战——魔岭大战，整体来看，故事似乎不够完整，缺少回归天国这一情节，没能完成故事的"环形"结构；而在达维·妮尔的本子中，整体故事结构为：魔鬼出现——天神投生——称王纳妃——获取药物——出征魔国——出征霍尔——征服萨唐——讨伐星谛——征服大食。与贵德本相比,达维·妮尔的本子主体结构基本一致,但是,以序幕的形式多出了魔鬼出现的铺垫情节。贵德本中则无此内容,开篇就是观世音菩萨看到人间悲苦,恶魔当道,对恶魔的来源没做过多交代。再如魔国阴暗,要征服它必须到异教之邦求得珍贵药材,贵德本中就没有这一情节。序幕中的妇人死后转世为霍尔三帐王,三个儿子分别转世为北国、西国与南国的国王,都是佛教的毁教者,贵德本只涉及对霍尔国与魔国的战斗,而没有提及对萨唐王及星谛王的情节。

从目前发现的分章本子来看,分章本的整体结构前半部分基本一致,都是围绕天界——英雄下凡——称王纳妃——宏功伟业的模式进行,而变异则主要出现在后半部分的格萨尔征服诸魔创立功绩的阶段。从两个本子的比较来看,达维·妮尔的本子已经具备了分部本的某些特征,应该是介于分章本与分部本之间的一个发展环节。到异教之地获取珍贵药物与分部本中的《香香药物宗》的情节有相似之处,对星谛王的战争能够从分部本的《大食财宗》中找到故事的影子。此外,在分章本中一般都能够寻到魔岭与霍岭战争的情节,但较难寻觅到门岭与姜岭战斗的影子。这主要是由于分章本的篇幅有限,难以容纳更多内容,以及分章本流传区域相对狭小造成的。

传说分章本多流传于藏文化的边缘地带,这些地区受藏文化的影响渐微,史诗分章本中的韵文部分多用藏文原文演唱,很多受众难以完全理解,再加上这些地区的自然环境及文化环境与传统说唱艺人的生长环境也存在较大差异,很难具备产生传统职业说唱艺人的客观环境。而且高原各地方言差异很大,虽说韵文具有相对的固定性,但是在传播过程中,最难解读的要算韵文部分,最容易造成信息失真,因此,大凡故事分章本中散文居多,韵文较少。所以,当地的艺人也只能采取"拿来主义",借用格萨尔故事掺杂本地区的若干历史事件与文化事象,用本地语言口头传播格萨尔的故事传说。

三 细节处理的多样化

《格萨尔》分章本之间的差异不仅表现在大的章节变化上,一些具体小细节的处理也不尽相同。

在格萨尔投生人间的情节上，贵德分章本与达维·妮尔分章本就存在较大差异。贵德分章本中，为了拯救黎民于水火，观世音菩萨与白梵天王商量决定派后者的三子顿珠尕尔保下凡人间，顿珠遂投胎至岭国王子僧唐家，取名台贝达郎，后赛马称王成就一番事业。然而达维·妮尔分章本对于英雄降生的叙述大相径庭。史诗开头，母女两人对于虔信佛教，意见不一，母亲费尽艰难赴印度修佛，而眷恋红尘的女儿咒骂母亲的苦行过于慈悲与愚蠢，后来她生了三个儿子，接连遭受贪婪者的偷盗与逼债，厄运连连，她偏执地认为，这是自己不愿意陪同母亲赴印度修行，佛对自己的报复，于是在她将死之际，发誓"愿我和我的儿子们都再生为有钱有势的君王，全都决意消灭佛教和那些崇奉它的人！"后来母亲化作三个化身转世为"库尔"三兄弟，三个儿子也分别转世为卢赞王、萨唐王与星谛王。莲花生大师便指定天神高洛丹泽与吉祥天女之子涂帕伽洼承担起消灭恶魔护佑佛教的职责，涂帕伽洼提出几项要求后投生人间。

达维·妮尔分章本中先通过两位妇人的"家庭私事"进行了情节铺垫，据达维·妮尔分析，这两位妇人的故事"看来要不是完全借自印度，便是一个印度故事的西藏改编本"[1]，此本宗教色彩极浓，一开始就点明了宗教斗争的必然性与紧迫性，甚至开门见山地指出了格萨尔以后斗争的主要对象。而贵德本则没有如此复杂，没有前期情节铺垫——序幕，而是观世音菩萨看到黑头藏人生于水火，故而要求大梵天王派儿子下凡，仅此而已。两个本子在一开始，情节与人物就存在很大差异，这就注定了两者的整体故事情节存在很大不同。从整体来看，这个本子应该晚于贵德本，尽管总体篇幅与后者相差不大，但是却较前者情节更为复杂曲折，宗教意味更浓。

在格萨尔与珠牡的关系处理上，不同版本也各有特色。贵德本中，格萨尔王出征魔国救梅萨前，珠牡声泪俱下，极力挽留，先软后硬，先是极力夸耀自己的美貌，后不见效果，便又使出女人的惯招——骂丈夫无情无义，完全是一个对丈夫充满爱意与依赖感的怨妇形象。贵德本中

---

[1] 西南民族学院民族研究所汇编，达维·妮尔整理、陈宗祥译：《岭超人格萨尔王传》（内部资料），第7页。

极尽渲染之能事，珠牡对丈夫的深情描写占了很大篇幅。而在达维·妮尔本中，格萨尔要出征魔国，珠牡只是表现出了丈夫即将远行时的悲伤，没有极尽挽留，艺人也没有进行过多描述，一句带过，这似乎已经为珠牡后来彻底变节埋下了伏笔。珠牡被黄霍尔王掠走，久盼格萨尔营救未果，便被迫做起了黄霍尔王的妃子，并且两人恩爱育有一子。格萨尔杀死霍尔王后，救出珠牡，为绝后患又杀死了珠牡与黄霍尔王的儿子。

达维·妮尔的本子里，将珠牡描写成了一个彻头彻尾的变节者，与叛徒晁同为一丘之貉。在格萨尔伐霍战争中，珠牡担心因自己的变节而遭至格萨尔的报复，甚至替敌人辨别格萨尔，彻底沦落为叛国者，这已经不是被敌人所迫所能解释的了。格萨尔征伐霍尔国时，幻变为三个印度人，告诉珠牡，他们亲眼看到格萨尔被卢赞王吃了，格萨尔再也不会出现了，珠牡竟然心里十分喜悦，嫣然一笑，并露出了她洁白美丽的牙齿，可见珠牡与格萨尔已经没有半点夫妻情分了。在格萨尔伐霍战争连战连捷，胜负已然见分晓时，珠牡又见风使舵，亲往祈求格萨尔的原谅，在临别幼子时，儿子对她说："妈妈，……往后我要杀死格萨尔，我要消灭他所维护的佛教。"[①] 珠牡听到儿子有如此远大志向竟然十分喜悦。种种迹象无不表现出珠牡的变节这一既成事实。格萨尔遂派其回霍尔国做内应，在格萨尔攻破霍尔之时，也杀死了珠牡与库尔卡的儿子。在这个本子里，有关情节已经将珠牡完全塑造成了一个不知廉耻、毫无情义的叛国者形象。

目前发现的分章本主要有二种类型：一种是作为分部本母本的史诗原始形态的分章本，这类本子以韵文为主，散文为辅；第二种是作为分部本及分章本故事梗概的分章本，这类本子以散文为主，韵文为辅，往往故事短小精悍，既无韵文，也无明显的人为宗教色彩。这些故事分章本很有可能一开始就是史诗的最初韵文内核，后来随着社会发展，这些韵文长久离开了孕育自己的方言区，也就没有继续以韵文形式存在的必要，而根据其意衍生出了现在的散文故事分章本，《阿尼·格萨尔》应属此类。古今与古正熙等学者称第一类为格萨尔史诗分章本，称第二类为

---

① 西南民族学院民族研究所汇编，达维·妮尔整理、陈宗祥译：《岭超人格萨尔王传》（内部资料），第217页。

格萨尔故事分章本。最后,《格萨尔》史诗体最大的变化就是分章本与分部本的变化,关于两者的关系,多数学者都持分章本发展为分部本的观点,但也有的学者认为分章本是由分部本发展形成的。通过对《格萨尔》史诗体发展的研究及对史诗分章本与故事分章本的甄别,基本可以认为,《格萨尔》史诗分章本一般为《格萨尔》分部本的母本,而《格萨尔》故事分章本可能是《格萨尔》分部本发展而成的故事缩略本。

艺人接受信息的增多导致史诗素材库的扩容,当这些素材进入史诗传播系统,而既有史诗体又一时难以容纳如此之多的信息内容时,就必然会引起史诗体宏观层面的变化,进而最终导致分章本与分部本史诗情节结构的差异,这就是《格萨尔》史诗整体发展的脉络。

第三节　人物形象的刻画——以格萨尔为中心

对史诗人物形象的刻画如何是衡量史诗艺术水平的重要标志。人物形象的刻画是否深刻、丰满,直接影响到对受众的感染力与说服力。

文学作品来源于现实生活,民间文学作品因其扎根于民间更能反映现实生活的客观风貌。现实生活的主角就是人自己,具有深厚民间特色的《格萨尔》史诗在刻画人物时也极力还原现实,刻画的人物尤其富有感染力。这主要体现在三个方面:一是人物语言极具个性特征,彰显角色特征;二是多角度塑造人物形象,形象刻画更加全面;三是以现实生活为蓝本刻画人物,真正体现了人物性格的复杂性与多元性。

每个人在社会上都会扮演一定的角色,一个特定角色相应有一套特定的行为规范,不同角色还要承担不同的社会责任。史诗中,每个角色的语言都能够很好地体现自己的角色与身份。霍尔大将梅乳孜曾经杀害岭国将军嘉擦协尕尔,格萨尔王征服霍尔以后,众岭将要挖其心祭奠嘉擦,然而全体霍尔民众为梅乳孜求情,格萨尔王顺应民意赦免梅乳孜,让其戴罪立功,一年后果然不负圣望,格萨尔封其为英雄,并为他娶了妻子,护送回霍尔。格萨尔王没有像其他岭将一样对敌人或俘虏睚眦必报,执著于报仇雪恨,作为佛子的他很明白冤冤相报何时了,这一点深刻地表现出了格萨尔身上人性光辉。作为国王,弘扬教法、维护和平是格萨尔的天职,他对梅乳孜宽大处理既为自己招了一员猛将,又赢得了百姓拥戴，更维护了两地和平，这充分体现了格萨尔的王者风范与政治家的长远眼光。

语言是内心世界最直接的外在反映，因此对语言的恰当运用与否能够更好地体现人物的内心世界。晁同是岭国内奸，为人阴险狡诈，在格萨尔向其索要属于自己的财产时，晁同回应道："你是我的侄儿子，叔叔不给你财产，谁给呢？我现在给你沟头的高草山，给你沟尾的小木桥，给你沟中间的蕨麻海。①"心怀鬼胎的晁同本意是不想给格萨尔母子财产的，但作为叔叔，再不情愿也不得不做出愿意给予财产的姿态，身为长辈，这是他的职责，不然恐怕就会被人戳脊梁骨，因此故作姿态是由他身份决定的必然表现。然而他又背后耍花招，让百姓都把骡、马、牛等统统赶到侄子的领地吃尽那里的水草，但是格萨尔凭借自己的聪明才智在自己的领地上为自己赚取了第一笔水草钱并赢得了姻缘，粉碎了叔叔的阴谋。晁同两面三刀、阴险狡诈的嘴脸昭然若揭。

史诗中的人物极具个性化，性格丰富，人物形象饱满。贵德本中，格萨尔在小桥睡觉，巧遇过桥的珠牡三姐妹，看到如花似玉的珠牡，一见钟情，认定这是他的姻缘到来了，便耍花招戏弄她们，虽然身上带着刚收来的水草钱，还装出一副可怜样，先是要吃的，后来又要穿的，再要戴的，步步紧逼，直到珠牡答应许配给他，才让她们过河。格萨尔是神的儿子，按理说应该尊享拜祭，想要何等佳人没有呢？然而他现在已经转世到人间，就应该过人间的世俗生活。艺人在加工信息源时就已经充分考虑到了这点，没有把年轻格萨尔塑造成为一个少年时期便开始忧国忧民的"高大全"的完美形象。艺人的眼中，少年格萨尔不仅颇有心计，还有点"赖皮"。少年格萨尔遇见珠牡，被其"眉眼如画，秀美动人"的魅力所倾倒，便要尽花招逼迫珠牡初次见面就答应许配给他，这说明格萨尔性格中还有"果敢"的一面。在整个"求亲"过程中，格萨尔完全掌握主动权。格萨尔的这种当机立断、费尽心机务求成功的性格与游刃有余处理各种问题的能力，注定他将来会君临天下、所向披靡。

作为凡人的格萨尔，其性格中也有仁慈宽厚的一面，可义不主财，

---

① 王沂暖、华甲译：《格萨尔王传（贵德分章本）》，甘肃人民出版社1981年版，第21页。

慈不主兵，他对轻视自己的人也会极尽羞辱之能事，甚至会进行毫不留情的报复。阿坝本中，岭国王后主持赛马称王，为了嘲弄格萨尔母子安排他们坐在马、牛、羊与狗这些牲畜之后，故意羞辱他们。君子报仇，十年不晚，后来在庆祝格萨尔迎娶珠牡的婚礼上，格萨尔有意识安排前国王的遗孀坐在各种牲畜之后，他本人对这一安排很是得意，感觉像"三伏天吞下一碗冰水似的惬意"。英雄也懂得一报还一报，让人不禁感到快意。

神子英雄下凡后即是凡人，就有人的七情六欲，也会沉醉于酒色，何况他又是一国之君呢。格萨尔征服魔国之后，喝了梅萨做的迷魂酒，便与梅萨长期滞留魔国，只知吃喝享乐，全然忘记了自己担负的神圣职责，既没有在魔王宫殿中修建佛堂佛塔，供养三宝，使魔土民众回心向善，也没有给魔国民众讲法，播下福德的种子。他整天与大臣香恩玩骰子取乐，消磨时光，长达几年之久。格萨尔久留魔国的所作所为，完全像变了一个人一样，毫无英雄本色可言，更不用说是承担重任的佛教护卫者。这样的人物刻画，虽说让人对英雄的所作所为感觉有些不舒服，可是却让人感觉更真实，更贴近生活，尽管没有"高大全"形象的光辉，但却有世间凡人的真实，使人物形象更加丰满，并不让人感觉有损英雄形象。实际上，诗人自己也对格萨尔的这种表现很不满意，所以他必须要为国王的不良行为找一个借口，那就是因为梅萨中了魔鬼的加持后迷魂了"圣王"，使国王忘掉了自我。

对于史诗中人物性格及其相应行为的研究，以吴伟先生的研究为著。他认为，在《格萨尔》的流传和演变过程中，人物性格从平面化向立体化演化，主要表现为五种性格，即单一型、向心型、层递型、对立型与格萨尔型，从这个演变过程整体来看，是由简单向复杂演变。吴伟先生在谈到单一型性格时，认为英雄和妖魔这两位对立的人物，在史诗中占有绝对的比重，而英雄和妖魔正是具有单一型性格的人物，这类人物很容易辨认，善恶分明。[①] 为了便于认知，人类对社会现象及自己的群体具有分类的自然本能，因此史诗将多数人物直接分为善与恶两大阵营，利于大众接受，便于传播。后来随着信息的增多与情节的复杂化，有些人

---

① 吴伟：《〈格萨尔〉人物研究》，群言出版社1996年版，第35页。

物的角色与行为也越来越多样化，如此一来人物的性格也必然会出现冲突，对人物性格进行简单的二分法已经不能描述复杂的人物特征了。因此从整体来看，史诗发展越成熟，内容越丰富，人物性格越趋于立体化。

恰当地处理史诗的人物语言与形象，并不是哪一个艺人的功劳，而是在史诗代际传播与共时传播过程中，众多艺人共同努力的结果。

本章小结

本章主要探讨了史诗内容的信息特性、故事情节的变异及人物形象的刻画三个方面的问题。史诗内容实际上就是一个内容充盈的信息库，因此要想彻底研究史诗的内容特征首先要将其放入信息论的视域中进行探讨。史诗内容既具有一般意义上的信息特征，还具有一般信息所不具有的独特性。信息综合性、价值共享性与系统的开放性是内容的一般信息特征，通俗性与娱乐性则是史诗内容的独有特征。对此方面进行研究可以深化对史诗内容的微观探讨。

史诗的传播过程实际上也是"史诗体"膨胀的过程，这个发展过程主要体现在三个方面：一是分章本与分部本版本多类型化，二是整体故事情节结构的复杂化，三是对同一故事情节的处理多样化。本部分重新审视了传统的章本与部本之间的关系，认为分章本未必一定就是部本的雏形，而是要视章本的具体形式再做判断。追寻史诗的文本"原型"首先要考虑两个方面的问题：一是要重视同为藏文化圈的其他民族中的格萨尔系故事传奇，因为越是远离中心地带位居边缘越可能保留了最初的东西；另一个就是不要从表面来看待分章本与分部本的关系，有些分章本长期游离母体核心文化已经变得有些"面目全非"，但很可能这些历经沧桑的本子才是现代分部本真正的"母亲"。本章同时指出，史诗素材信息库的扩大是史诗分章本与分部本发生变化的根本原因。

此外，民间文化尽管源于普通大众，但并不一定缺少逻辑思维的缜密。艺人对诗中人物语言与行为的处理极符合现代的"角色理论"，处理史诗的人物语言与形象颇为恰当。当然这并不是哪一个艺人的功劳，而是史诗代际传播与横向传播共同作用的结果。

第 三 章

《格萨尔》史诗的主题传播变异研究

对《格萨尔》史诗进行主题变异研究，首先得搞清楚两个相关概念——主题研究与主题学研究的内涵及其相互关系，首先从理论上厘清本研究的思路。主题探求某一部作品或某一个典型人物所表现的具体思想，是在提炼题材的基础上塑造形象的过程中所形成的思想内核，重点在于揭示研究对象的内涵，因而有时也将主题称之为"主题思想"。主题具有主观判断的价值取向，正如韦斯坦因解释的："主题属于主观的范围，是一个心理学的常量，是诗人天生就有的。"[1] 而主题学讨论的是不同时代、不同民族的不同作家对同一主题、题材、情节、人物典型的不同处理，重点在于对考察对象所使用的外部手段与形式的关注。主题研究与主题学研究又不能断然分开，主题研究一般也涉及研究对象的外部表现手段与形式，而主题学研究也不可能与它研究对象的内容、内涵完全独立开来。尤其是在对史诗、神话与民间故事等民间文学作品进行研究时，主题研究与主题学研究的结合是必然的。

第一节 主题研究的现状

史诗是英雄的故事，英雄是史诗的核心，探究史诗的主题离不开对英雄的研究。对《格萨尔》史诗进行主题研究主要是对史诗所体现的思想内涵进行研究，而主题学研究关注的则是格萨尔王这一主题在不同版

---

[1] ［美］乌尔利希·韦斯坦因：《比较文学与文学理论》，刘象愚译，辽宁人民出版社1979年版，第121—125页。

本中不同的表现形式以及处理方式，进而阐释产生这些相异之处的文化背景、道德理念与审美情趣等方面的差异。对《格萨尔》史诗进行主题变异研究既要考虑到史诗的思想内涵的变异，又要涉及外部政治、宗教、文化等因素对史诗英雄形象塑造产生的影响，还要深入挖掘不同版本对英雄形象塑造的差异。

目前，大凡研究《格萨尔》史诗的学者都基本涉及了史诗的主题研究，成果也较为丰富。但是由于研究者的理论背景及学术视点的差异，这些成果各有特点。同时，我们要看到，有些学者只关注某个独立的分章本或分部本，忽视了史诗主题；还有些学者只抓住某一特定情节就大肆渲染，无止境地将史诗内涵与主题进行人为拔高，进而将史诗比作"高大全"式的作品。凡此种种都不利于《格萨尔》史诗的研究，论其原因，有些属于方法论的问题，有些很明显受到了时代主旋律的影响。事实上，不同版本的《格萨尔》史诗的主题都不尽相同，甚至存在较大差异。

对任何一部作品的主题进行考察，本来就没有必然统一的结果，受政治及文化的影响也在情理之内。关键问题是如何从更为宏观的系统论的视角，就不同类型版本的《格萨尔》史诗进行主题变异研究，从而进一步深化对史诗主题的正确理解与把握，这也正是本文的方法论基础与理论前提。此外，为了从方法论上规范《格萨尔》史诗的主题研究，应该澄清研究对象到底是《格萨尔》史诗整体体系还是某一单本的《格萨尔》史诗。对《格萨尔》史诗主题变异进行研究具有重大意义，不仅体现在方法论上，更是对推进《格萨尔》的整理与研究工作大有裨益。

《格萨尔》史诗传播历经千年，形成了以藏民族为主要传播群体，其他周边民族为次要传播群体的传播态势。史诗文化不仅在藏文化圈中传播甚广，在我国的撒拉族与巴基斯坦的巴尔蒂斯坦也有传播，这些在不同民族与宗教文化中产生的不同文本一起构成了《格萨尔》史诗的完整体系。史诗主要有分章本与分部本之分，就目前的资料来看，分章本在藏族与周边其他民族中多有流传，而分部本主要于藏民族中传播。因此，本研究选取的三个参考文本分别为《格萨尔王传》的贵德分章本、流传于藏文化边缘地带和白马藏族中的《阿尼·措》以及《格萨尔王传》（分部本）。

第二节 主题变异研究

史诗的主题蕴含在史诗内容之中，因此探讨史诗的主题离不开对内容的考察。《格萨尔王传》贵德分章本共五章，主要内容是观世音菩萨看到人间悲苦，就同白梵天王商量派其幼子下凡拯救苍生。随后白梵天王的幼子顿珠尕尔保投生岭国僧伦王家，一出生就相貌非凡，天有异象。叔叔晁同害怕他会威胁自己的地位，就设计谋害，但未能得逞。后来，格萨尔大显神通，岭国臣众皆拥戴其为王，并先后娶了十三位妃子。大妃珠牡因阻止次妃梅萨见格萨尔，导致梅萨被魔王路赞掠走。格萨尔北征魔国救出梅萨，但是梅萨怕回国再受珠牡嫉妒迫害，便给格萨尔喝了迷魂酒，于是格萨尔与梅萨和阿达拉毛在魔国浑浑噩噩地住了多年。格萨尔留居魔国期间，霍尔王趁机侵略岭国，虽经珠牡带领军民奋力抗战，但因内奸晁同屡屡告密，岭国终究失陷。后格萨尔王获悉国破家亡，几经周折回到岭国严惩了内奸。又只身前往霍尔，在怯尊公主帮助下，先后杀死白、黑二帐王，最后又杀死了黄帐王，并降服敌将梅乳孜。

《阿尼·措》这一本子流传于四川九寨沟地区，这里（此地）居民多为白马藏族，由于特殊的方言，白马藏族称《格萨尔》为《阿尼·措》，平武一带称为《阿尼·格萨》。[①] 一般认为，《阿尼·措》属于新的《格萨尔》变种。《阿尼·措》讲述了这样一个故事：女孩曼格姆怀上了嘎啦扎伊山神的儿子，几经磨难生出来一个男孩，即阿尼·措。小英雄后来迎娶了龙女珠玛，在与妻子返家时，听说魔地妖王每年都要吃掉村子里的一个小男孩，阿尼·措决定为民除害，先将妻子暂时寄托在村中的一老僧人家中，自己独身前往应敌。妖王化装成美女引诱格萨尔饮了迷魂酒，阿尼·措忘记了捉妖的责任，与魔女住到了一起。后来老魔王派草妖王前去用花言巧语迷醉了珠玛，珠玛委身于草妖王。曼格姆先后派老狼、花喜鹊与山鹰前去寻找阿尼·措，山鹰将屎拉在了阿尼·措的嘴里，后者呕吐不止，直到吐出了毒药，这才恢复了记忆。阿尼·措马上骑上

---

① 马成富：《白马藏族〈阿尼·措〉、〈阿尼·格萨〉、嘉绒藏族〈阿尼·格东〉与英雄史诗〈格萨尔〉对比研究》，《西藏艺术研究》2007年第3期，第73页。

骏马前去消灭了老魔王及众魔。

《格萨尔》分部本由于版本不同，篇幅也存在差异，但基本内容大体一致，先前已有诸多介绍，此处不再赘述。

各分章本或分部本因内容不同，主题也有较大差异，从本文涉及的三个本子来看，史诗主题的嬗变具有如下几个共同特征。

一　英雄主题

美国著名神话理论家坎贝尔说：

> 当村落与城市大幅扩展时，英雄才以"人类"的形态出现在世上。许多自原始时代存留下来的怪物，仍旧潜伏在偏僻的地区，他们因恶意或绝望而与人类社会为敌。他们必须被清除掉。此外，人类暴君把邻族货物篡夺过来为己所用，是造成哀鸿遍野的主因。这些暴君必须被压制下去。英雄的基本行为就是清除障碍。①

英雄永远离不开战斗，是清除"怪物"与"暴君"的行动成就了自己的英雄伟业。若人间永远是一片祥和之象，恐怕也不会有英雄的"腾空而出"。从历史的角度来看，英雄的战斗就是人类文明的"淘汰赛"，战斗双方分类的标准使得英雄行为一开始就具有了固定的价值判断，从而使得英雄的故事产生了各种主题。

"抑强扶弱，为民除害"的主题往往与英雄主题紧密联系在一起。当老百姓处于自然或社会的压迫之下时，为了摆脱困顿局面，往往会寄托于英雄来拯救众生救世，消除世间魔孽，帮助百姓过上太平日子，英雄身上承载了人民大众的希冀与渴望。三个本子的基本内涵都是反映了这一主题。

贵德本开篇就讲到"下界人间，正是一个非常混乱的时期，妖魔鬼怪，到处横行。各个地方。差不多都被他们霸占着，善良无辜的老百姓，遭受他们的欺凌迫害，没有一天好日子过"。② 白梵天王于是派幼子下凡

---

① ［美］约瑟夫·坎贝尔：《千面英雄》，朱侃如译，金城出版社2012年版，第227页。
② 王沂暖、华甲译：《格萨尔王传（贵德分章本）》，甘肃人民出版社1981年版，第1页。

降伏妖魔。接下来的就是少年格萨尔称王纳妃，降伏妖魔，征服霍尔。魔王与霍尔王都是危害百姓的妖孽，魔王是一个长臂企洽巴拉忍毒龙，十分凶恶，住在北方，尽做害人之事；霍尔国则领土广大，国富兵强，时常恃强凌弱，侵犯别国。他国只好忍气吞声，称臣纳贡，霍尔黄帐王更是力量强大，为了抢夺岭妃珠牡悍然发动了侵岭战争。因此，降服魔王最直接目的就是为民除害；而降服霍尔王则是为了抑强扶弱，消灭霍尔国动辄侵略豪抢的恶行，以恢复下界的社会政治秩序。

《阿尼·措》中，魔王为了一己之私，肆意祸害百姓。在阿尼·措降生前，魔王就要将其害死在母胎中，后来草妖王为了夺得格萨尔的妻子珠玛而吃掉老僧人。可见，老魔王等是一些充斥着原始野蛮味的、贪欲十足的妖怪，他们没有什么道德理念，也没有什么理想抱负，所作所为单纯就是为了满足自己的生理欲望。与魔怪的残暴无情相比，阿尼·措代表了文明，当野蛮的黑暗遇见文明的曙光之时，两者之间必将会产生殊死的对抗。难怪在阿尼·措还没有降生时，老魔王就已经在盘算设计消灭他了，因为黎明的出现必会使黑暗中的妖孽颤抖，哪怕只是一丝曙光的闪现也会让他们惊恐不已。阿尼·措先后打败了十八大妖王、妖女及老魔王，暗示了文明最终战胜黑暗，理智终将战胜愚昧。

而在分部本中，由于故事情节复杂离奇，代表善良正义一方的是格萨尔及岭国，代表邪恶一方的则是魔、霍、姜、门等敌方国家及其首领，整体故事脉络也体现了正义与强大之主体的统一。然而，在分部本中，英雄的战斗少有孤独，多半都是国家战争，而且解决的都是些现实问题，如需要药物就有《香香药物宗》，需要财宝就有《大食财宗》等，因而，分部本既有浓厚的宗教色彩，也有世俗的现实问题。格萨尔已经不再仅仅是一个代表正义与强大的文化符号，而是一位解决社会问题与百姓实际生活问题的亲民君王，为了达到此目的，格萨尔后来的有些战争也很难说没有侵略性，看来利益自古以来就是国家间战争的主题。

总之，三种本子中的主题尽管都是"抑强扶弱，为民除害"，然而在具体的表现形式上却存在差别。大凡英雄主题的文学作品都涉及了为民除害的相关思想内容，然而是否有抑强扶弱的内涵则另当别论。"强"指力量强大，必须有雄厚的物质基础做后盾，作为一个人来讲，身体健壮勇武有力谓之强；作为一个国家讲，实力雄厚，国富民强，谓之强。当

"强"与"恶"成为一方,"弱"与"善"成为冲突的另一方时,弱势的英雄最终战胜邪恶才具有了"抑强扶弱,为民除害"的客观效果。"强"与"恶"一体,"弱"与"善"一体,本身就是颠倒的社会秩序,所以从一定程度上说英雄拯救他人时也拯救了自己。

贵德本中,格萨尔的业绩具有抑强扶弱、为民除害的思想主题。起初,魔王既是强的又是恶的一方,格萨尔则是弱者与正义的代表,经过一番战斗,最后出现了主体颠倒,格萨尔反弱为强,正义最终战胜邪恶。因此,贵德本中,"抑强扶弱,为民除害"这一主题最为直接的表现就是正义战胜了邪恶,完成了正义与强大之主体的统一——将颠倒错位的"邪恶强大——正义弱小"的失范社会改变为"正义强大——邪恶弱小"的正常社会状态。

在《阿尼·措》中,神魔战斗,魔方力量到底有多强大,章节中没有明确交代。事实上山神也属于地方神灵,阿尼·措作为山神的儿子,可能天生就具有超凡的力量,要不魔王怎会如此害怕他的降生呢?因此,很难说清孰强孰弱。我们看到魔王想尽一切办法力图致阿尼·措于死地,然而却每每失败,魔的逞强,与其说是强大,倒不如说是弱者的孤注一掷。因此,在《阿尼·措》中,虽然文本表象是为民除害,其思想内涵却是正义战胜邪恶,并非抑强扶弱。因此,相较贵德本与分部本,"抑强扶弱,为民除害"的思想主题差异不甚明显。

白马藏族是古代藏兵的后代,保留了很多古代藏族的传统,至今仍旧信仰原始苯教。唐蕃战争时,他们随军带来了《格萨尔》史诗[①],《阿尼·措》很可能就是在此基础上形成的异体本。那个时代,苯教文化盛行于民间,故而这个本子中没有发现佛教的东西。这些魔怪与原始苯教的山神信仰有着一定的渊源,都属于原始崇拜的文化现象,因此很难用强与弱的标准对山神与魔怪进行明确的分类,在他们身上体现更多的是正义与邪恶。《格萨尔》史诗中的"强"主要指部落或国家的强大,在《阿尼·措》中显然没有这方面的内容。而贵德本或分部本则孕育于藏文化核心地带,藏族社会发展的诸多现象都融入史诗中去,部落战争频繁,

---

① 马成富:《白马藏族〈阿尼·措〉、〈阿尼·格萨〉、嘉绒藏族〈阿尼·格东〉与英雄史诗〈格萨尔〉对比研究》,《西藏艺术研究》2007年第3期,第75页。

周边部落或国家的强弱都会直接影响到战争的结果，因此，这两个本子中"抑强扶弱"的主题思想更为明确。

二 宗教主题

《格萨尔》史诗的宗教倾向问题历来是学者研究的重点内容之一。目前来看，多数学者是认可史诗具有较为明显的"抑苯扬佛"的宗教思想倾向，探讨史诗的宗教倾向对于深化史诗主题研究尤为重要。扎西东珠先生认为，由于说唱艺人、抄写与整理者信仰及宗教修养的差异，不同版本的《格萨尔》史诗的宗教色彩也存在差异，主要表现在七个方面的原因，其中既有版本与文体原因，也有整理者方面的原因。[①] 实际上，《格萨尔》史诗中的宗教思想倾向经历了一个发展过程，而且这个过程很难以分章本或分部本的发展划分先后顺序。《格萨尔》史诗中的宗教关系极为复杂，长久以来争议的一个焦点就是关于苯教思想的扬弃问题。笔者认为，《格萨尔》史诗体系发展至今，经历了三种宗教生态，最初是苯教思想及自然崇拜占据主导地位，然后是苯教与佛教思想共存的局面，最后才是罢黜苯教，尊崇佛教。最终成为佛典的组成部分，这是佛教的终极之地，也是佛教化史诗的终极之地。[②] 整体来看，这个过程是一个苯教逐渐式微，佛教色彩渐趋浓厚的过程。

《阿尼·措》这个故事具有魔幻色彩，正如英国古典史诗《贝奥武夫》一样，鲜有人为的宗教理念。阿尼·措战胜敌魔的行为并不具有人为的宗教目的性，他不像在贵德本中，格萨尔王的每一个活动都由天母或其他神灵指引，众神共同参与人间争斗。虽说故事中提到了苯教僧人，但这也不是后天的加工，完全是历史现实的客观反映，没有任何宗教冲突的现象。在故事开始提到，在雪山岩洞里住着三个苯教僧人，他们每天都下山抬水，在来去的路上路边有一窝草，每经过那里，他们总会在青草上小便，久而久之，青草长得特别旺盛。一天，一只母梅花鹿吃了这窝青草，不久，母鹿就在水井边产下了一个漂亮的女孩，这女孩就是

---

① 扎西东珠、王兴先编著：《〈格萨尔〉学史稿》，甘肃民族出版社2002年版，第327页。
② 诺布旺丹：《艺人、文本和语境——文化批评视野下的格萨尔史诗研究》，青海人民出版社2014年版，第165页。

阿尼·措的妈妈曼格姆。后来，僧人把曼格姆抚养成人。曼格姆感山神嘎拉扎伊而孕，魔王知道这个未出生的孩子就是自己命中的克星，由此，善与恶开始首次交锋。这里，苯教僧人——青草——梅花鹿——英雄母亲——山神——英雄，是一组连续的行动主体，英雄母亲是由动物受孕所生的情节明显源于自然崇拜，苯教僧人的一泡尿又使英雄与苯教有了不解之缘。可见，英雄也是苯教神灵的后代。英雄的降生过程也揭示了苯教与自然崇拜的密切关系。

在整个故事里，英雄的行动没有受到任何神灵的授意与支持，完全是个人行为，不存在执行什么预设的宗教任务。故事里的魔也不是一些要争城掠池的军事政治强人，而只是些草莽精怪而已。众所周知，白马藏族多信仰苯教，而苯教重牺牲祭祀，活人祭就是其中一种，女妖吃孩童正是这一社会历史现象的反映，真实再现了野蛮与落后的社会风貌。阿尼·措最终击败了代表蒙昧野蛮的魔王及众魔，依靠的是他自身的超凡能力，绝非得益于宗教神灵的指示与帮助。而且，从《阿尼·措》中基本找不到任何佛教因素，该文本没有什么明确的传播目的，故事的核心就是文明正义必然战胜野蛮邪恶这一古老主题。从中我们也可以看出该文本的发展一直是处于"自生自灭"的状态，丝毫没有受到佛苯斗争的影响。因此，笔者认为《阿尼·措》可能是属于最初一类的原型本，而且从白马藏族的社会历史特点来看，这也完全是有可能的。

与《阿尼·措》相比，贵德本中的佛教色彩较为浓厚。贵德本中的佛教色彩主要表现在两个方面。首先，格萨尔征战一生、降妖伏魔的明确目的就是弘扬佛法，破除苯教，这是故事开始时，观世音菩萨预先安排的。宗教话语贯穿史诗始终，是史诗的另一条隐形线索。其次，格萨尔王能够着眼于整个地区的和平与稳定来理性对待敌国败将，比如霍尔部众为败将梅乳孜杀死了格萨尔的王兄嘉擦，格萨尔大恸，想要杀死梅乳孜为兄报仇，可是当霍尔百姓因梅乳孜平时宽厚待人，因而为其求情时，格萨尔还是宽恕了后者，并封他为大英雄，赐以金印，准插七根孔雀翎。梅乳孜本性并不坏，而且一开始就不愿意霍岭开战，平时对百姓相当仁慈，这与只知追求个人欲望满足私心的霍尔王相比，梅乳孜已经初具有人文主义的影子，他的言行与格萨尔所弘扬的佛教思想有吻合之处。因而，格萨尔对他的宽大处理也就很自然了，这种处理恰恰体现了以人为本的佛教思想与人文主义的进步精神。格萨尔的宽大使得梅乳孜心甘情愿地成了他麾下的一员骁将。

然而相比较分部本,贵德本的佛教色彩则较淡。首先,贵德本中开篇,大慈大悲的观世音菩萨就提出拯救下界黎民的使命,由白梵天王安排三子顿珠尕尔保下凡人间完成使命。观世音菩萨提出问题后,就隐身而去,将更多的发挥空间留给了神与人,格萨尔王成了佛与神在人间的全权代表。除此之外,其他地方没有什么刻意突出的佛教色彩浓厚的情节。然而这个本子却保留了民间故事最可贵的质朴与自然,语言如此,情节也如此。王沂暖先生说:"藏文分章本的贵德本,故事性强,宗教色彩少,语言简练优美,富于生活气息与乡土风味,比后来的分部本简明多了。"① 这种简明不仅是指篇幅上的短小精悍,还指情节的精干与宗教色彩的淡化。

分部本中,佛教思想极为浓厚,字里行间都充满了浓厚的佛教色彩。如根据四川德格地区的岭葱木刻本译出的《赛马成王之部》如是说:

> 顶礼集中一切佛的三密相好于一身,
> 开放在西南牛乳之海的千层莲花顶,
> 在这稀奇神变法力所安置的国土上,
> 指示真实秘法精要妙法大道的上师。
> 祈请在八边空性清净正见大海中,
> 经常以所安置的禅定智慧进行享用的、
> 掌握那戒、定、慧三学宝藏的、
> 救主仙低然祁达保佑我……②

"真实秘法精要妙法大道的上师"指藏传佛教的重要人物莲花生大师。在这个部本中,还提到了三大法王之一的赤松王,以及文殊师利、

---

① 王沂暖、华甲译:《格萨尔王传〈贵德分章本〉》,甘肃人民出版社1981年版,译者前言,第3页。
② 青海省文联搜集翻译编印:《格萨尔王传——赛马称王之部(内部资料)》,1959年第11期,第1页。

观世音、秘密主等，格萨尔则是三大士的化身，这样多的佛教人物在贵德本中是没有的。

贵德本与分部本的佛教色彩有如此差异，主要还是因为分部本多经过宗教界人士的专业加工。德格本的整理者为宁玛派作庆寺僧人阿恰热牟尼霞撒，根据书中的一些人名如木盘坚华吉悲多尔吉等，可以认定这个本子大约整理于19世纪后期。整理者在后记中坦承：

> 过去，蒙上师拜麻鄂赛尔的慈智，给我举行过金刚慈智"格萨尔法会"，当时并说："如能将'喇嘛的瑜伽行'等修炼，则小说自然会在心中出现。"我即回禀："当遵照指示去写。"复蒙指示："那么赶快去写！"①

按照译者吴均先生的看法，德格本实际上是把过去五种赛马本子加以综合，在整理过程中，受到了整理者本人的宗教思想影响，以宁玛派的影响较为明显；在形式上，采用了印度及西藏地区宗教色彩浓重的述说"轮王七宝"的形式。宗教思想上及形式上的刻意宗教化，使这个本子中的一些内容显得有些生搬硬套，德格本也成了宗教人士编撰史诗的一个真实例子。民间作品一经与宗教政治合流，势必会成为后者的工具与喉舌。因为文本的传播具有宗教目的性，英雄的行为也就不再是自由的了，必然会受到宗教指示者的左右。一种思想、一种理念为了扩大传播效果，肯定会选择对自己最为有效的传播方式，可是在没有现代传媒的时代，人际传播是民众获得必要信息的唯一手段。《格萨尔》史诗作为一种民间文化现象由于其庞大的受众群体，自然也会成为宗教集团与政治集团争相用来扩大自己在民间影响力的首要选择。

三种不同类型的本子中的宗教生态呈现出一种逐渐增强的趋势，这既可以从文本自身去寻找原因，也可以从文本以外的各个传播单位去探寻个中缘由。三种类型的本子中，《阿尼·措》的历史可能最早，最有力的证据就是文本中保留了更多的苯教文化，这是因为其流传地区属于

---

① 青海省文联搜集翻译编印：《格萨尔王传——赛马称王之部（内部资料）》，1959年第11期，第227页。

藏文化的边缘地带，受到藏传佛教文化影响较弱，这种文化上的相对独立与单一使得《阿尼·措》几乎没有沾染佛教因素。九寨沟地区自古属于苯教文化区，而苯教自从受到佛教的排挤与打压以后，已经大伤元气，再没有什么大规模的传教活动。尤其是在大小金川战争以后，乾隆皇帝更是直接宣称苯教为非法，苯教为了传承更是向藏文化边缘地区发展。因此，作为民间文学的《阿尼·措》既没有成为苯教的传播载体，也更不可能为佛教所注意。一般来说，一种媒介组织与政治、经济及宗教有着很强的依赖关系，媒介需要从政治宗教集团获得认可、保护与支持，而后者又会利用前者为自己服务。然而在九寨沟地区，《阿尼·措》与宗教集团没有形成这样的社会生态，所以，长久以来《阿尼·措》也只能一直沉寂于民间，没有形成动辄几十部的史诗分部本。

贵德本尽管受到佛教文化影响较小，但里面毕竟出现了佛教文化意向及思想内涵，因此基本可以认定，这个本子被职业篡改者染指不多，至于那里面的宗教意向是否是某位宗教界人士有意为之，笔者认为，这种可能性不大，恐怕主要还是由民间文化与宗教文化的自然融合导致的。在一个特定社会中，社会成员为了适应社会改造自然，必须要获取一定的社会经验及相关知识，信息流通是必然的。而在藏文化核心地带，佛教文化为大众提供了一种基本的社会化规范与价值观，大众依赖于这些在当时来说属于先进的文化，来指导自己协调人与人及人与社会之间的关系，再加上宗教势力有意无意地推动，民间文学作品与宗教的合流是必然的，但这种结果并非是某一方有意为之，更为可能的是双方发展到一定程度后的"水到渠成"。

分部本从被宗教编撰之日起就失去了传播的独立性，佛教色彩越来越浓厚。史诗分部本的最终形成既是《格萨尔》信息库膨胀的结果，也是佛教徒有意为之，而利用具有故事连贯性的部本来传播佛教思想比单一的、独立成篇的故事更有利于吸引并稳固一个庞大的受众群体，从而能够最大限度地扩大传播范围并提高传播效果。

三 团结主题

文学是客观现实的艺术再现，是一部浓缩的民族历史，历史中发生的真实事件等都会成为史诗内容的重要素材。自古以来，藏、汉民族友好交往、亲如一家，在特定的历史时期尽管存在冲突，但友谊团结一直是主流。藏、汉民族的这种鱼水之情作为一种民族的集体记忆在口头叙事中得到了很好的保留。《格萨尔》史诗分部本中就涉及了藏汉团结的主题。

第一，格萨尔统治的岭国百姓属于藏、汉两族的后代。藏族先民分为色、木、董、冬、惹、柱六大氏族，《格萨尔》史诗中提及岭国属于冬氏族。史诗中称岭国王族为"穆布冬族"，在《丹玛青稞城之部》中，多丹王曾对岭国总管王戎察叉干说过："这个穆布冬姓的王族，同是藏、汉两族的后人。"青海贵德本《岭与中华之部》中，汉皇对格萨尔说："你岭地人氏的族姓，是我汉地护螺皇帝的血统。"当年文成公主与金城公主先后进藏，带去了先进的汉文化，同时也带去了和平，大大推动了藏族社会经济的发展。这一段历史，已经成为一种集体无意识，成为两个民族的共同记忆，无论艺人是谁，这一历史事实都会作为一种历史叙事而进入口头传播的过程。

第二，汉皇外甥在岭国受到重用，充分体现了汉、藏民族的鱼水之情。奔巴嘉擦协嘎尔是汉地皇帝的亲外甥，是格萨尔王兄。他长大成人后，汉皇接他到汉地，赠送他名驹、铠甲与宝刀等物品，并寄予厚望。具有汉族血统的岭国王子深受器重，他在百姓的心中"平时慈祥如观音，遇敌威严如明王，战场厮杀如猛虎，力量超群世无双"。[1] 王父僧伦也如此评价嘉擦："长子嘉擦万户长，是汉皇帝大外甥，昂雅大白神转世，他是盖世一英雄。能同狮子比威武，能同老虎比勇猛，能跟苍龙比吼声，东大门由他守护。嘉擦鹁鸽马雅司刀，藏土无人能匹敌。"[2] 格萨尔也如此评价自己的哥哥："我的哥哥嘉擦协嘎，来往的人成千上万，没有一个不称赞他智慧宽广，可超达梵天境界；英雄威武，就像天空霹雳。没有一个不夸奖他保护弱者，赛过慈祥的父母；镇压强梁，力超须弥山王。上自天竺佛法圣地，下到中原汉皇国度，他的声望好似苍龙震天，细雨落地，无人不知，无人不晓。"[3] 嘉擦在岭国享有很高的威信，他勇于担

---

[1] 王兴先主编：《格萨尔文库（一）》，甘肃民族出版社2000年版，第103页。
[2] 王兴先主编：《格萨尔文库（一）》，甘肃民族出版社2000年版，第188页。
[3] 王兴先主编：《格萨尔文库（一）》，甘肃民族出版社1996年版，第127页。

当，作战勇敢，一直是格萨尔的左膀右臂，用自己的一生践行"忠君""慈兄"的人生信条，直至以身殉国。嘉擦身上流淌着藏、汉民族的血液，受到藏、汉双重文化的影响。作为格萨尔的重要幕僚，他全力为国，用生命去实现了汉皇对他提出的"扶助弱小，镇压强梁"的美好期望，他是汉藏团结的文化符号。

格萨尔王不仅有汉族血统的哥哥为其左膀右臂，肱骨之臣，他还娶过汉族妻子。在《岭与中华之部》中，格萨尔到汉地向皇帝进贡马，虽然中途经受种种委屈，但他经受住了重重考验，显示了不凡的本领。汉皇也认为格萨尔是一名真正的英雄，便将自己的女儿阿贡拉宰嫁给了格萨尔。

《加岭传奇支之部》在西藏昌都及青海玉树等地流传，主要讲述了岭国与汉地王朝的关系，也是藏汉民族关系的缩影之一。故事大体是这样的，汉地皇帝噶拉耿贡选妃，得一妖女，这一妖妃在死去后能够复活，一旦复活将成为释迦教法的敌人，将掌岭国与汉地百姓的生死大权，会使得天下不得安生。妖妃死前请求皇帝"把太阳关进金库，把月亮关进银库，把星宿关进螺库；天上的鸟儿不准飞翔，空中的风不准吹动，水中的鱼不能游荡；要使汉地的货物不得运往藏地，藏地的货物不能运往加地，要把沟通加、岭之间的黄金桥砍断，要在加地颁布严峻的法令，使加地到处密布黑森森的法网。"① 皇帝对爱妃的香消玉殒正黯然神伤，听到这话赶紧一一照办。妖，相对于人来说，总是代表世间的失序状态与百姓的不理性思维，汉、藏民族长期以来已经形成了稳定的互赖关系，妖妃的话预示着将打破这种稳态，这势必会威胁到双方百姓的生命安全，也会给藏汉关系带来巨大损失，汉、藏人民自然会对这种倒行逆施深恶痛绝。论及血缘，妖妃是龙王恶魔兑巴纳布与罗刹女的女儿，在宗教上代表了保守落后势力。在吐蕃王朝时期，宗教的保守与政治的保守往往是一体的。

后来格萨尔接到汉地公主寄来的求救信后，欣然前往汉地，表面来看是除妖，更深层次的内涵则是修复遇到波折的汉藏关系。总管王也劝

---

① 阿图、徐国琼、解世毅翻译整理：《格萨尔——加岭传奇之部》，中国民间文艺出版社（云南版）1984年版，第5页。

格萨尔，如果不去将使朋友变敌人。王子扎拉泽嘉也想跟随前往，说道："要把那芳香的茶叶和绸缎，运回岭地让人们来共享。要把雪山岭地好特产，运回加地互相做交换。愿主人的事客人去完成，愿加地的事岭地去帮忙；愿加岭两地事业都如意，愿加岭两地时运皆吉祥。"① 可见，在岭国统治者看来，除去宗教原因外，修复汉藏关系及恢复正常的商贸往来是格萨尔前往加地的主要原因。格萨尔前往加地后，焚烧了妖尸，结果引起汉皇的误解，受尽了各种酷刑，后来皇帝终于明白了一切原委，下令废除了妖妃制定的黑暗法律，表示忏悔并接受灌顶皈依佛教。最后汉皇为表谢意，要将加地江山、百姓交给格萨尔王管理，还要把皇位传给格萨尔王，但面对这些，格萨尔王深明大义，从汉藏关系出发，都一一拒绝。不仅如此，格萨尔还给加地上至皇帝下至百姓都一一授予了长生不老的妙法及永不发生疾病、灾荒、战乱、纠纷的太平秘法，从此加地百姓享长寿，和天神一样幸福地生活着。

岭国多采取残酷的战争手段消灭魔类，弘扬教法，然而对于汉地，却采取了迂回策略。首先，到汉地弘扬教法，不是通过双方战争，而是通过帮助对方除妖，格萨尔征战一生，其中既有反侵略战争，又有兼并战争。可是当不费一兵一卒即可获得汉地时，他却毫无贪婪之心，在格萨尔一生的征战中，这是少有的情况。但是这也从侧面说明，在历史上汉藏之间不存在什么根本上的矛盾，和平是主流。其次，引起汉藏关系破裂的最初原因不是汉皇，而是汉皇受妖人所惑。正是这种情况，岭、加双方不必通过战争，而只需要消除佞妖就可修复汉、藏关系。这里很奇妙，将破坏汉、藏民族关系的罪魁祸首指向"妖魔"与奸佞，这为统治者间修复关系留出了余地，此情节的处理也别有意蕴，绝非随意为之。实际上，自唐始，中原王朝与吐蕃的最高统治者之间一直保持友好关系，唐朝更是确立了牢固的"甥舅关系"，至今唐蕃会盟碑还屹立在大昭寺门前。到了元朝，西藏更是直接被纳入了中央版图。这段时间，边事多由朝廷佞臣及统兵大将的逸言或处置不当导致双方之间的矛盾冲突，《加岭传奇之部》对情节的处理别有深意。再次，岭国群臣都积极支持格萨

---

① 阿图、徐国琼、解世毅翻译整理：《格萨尔——加岭传奇之部》，中国民间文艺出版社（云南版）1984年版，第177页。

王前往汉地除妖,这说明绝大多数老百姓是非常珍视藏、汉关系的,维护友好的民族关系关乎百姓的幸福与民族的前途,这是岭国军民的共识。汉地文明发展较早,文化相对发达,深邃的儒家文化成为社会的主流,为统治阶级所利用。儒家文化本身具有很强的人本主义精神与入世思想,这绝非是魔与妖为代表的原始文化所能够企及的,因此,表面上弘扬佛法的格萨尔消除的是魔,实则消灭的是愚昧无知与野蛮,弘扬的则是佛教文化。在格萨尔看来,汉地与岭国具有基本一致的文化水平,没有愚昧与野蛮之分,汉、藏两个民族均受到了来自妖与愚昧的威胁。妖的偶然出现会使一个有序规范的世界秩序瞬间黑白颠倒,失去规则,人民遭殃。因此,格萨尔的首要目标就是要消灭妖佞,就连格萨尔也坦诚:"奉天承运的大皇帝啊,你我两人的祈愿无差异。"[①] 消灭世间妖魔鬼怪,汉、藏两个民族责无旁贷,不仅保障自身求得生存,也是对全人类的贡献。

  分部本与分章本在表现汉、藏关系这一主题时存在差异,这既有史诗文本自身的原因,也有社会历史及流传地特殊的人文风貌的原因。首先,史诗的部本差异是造成主题差异的主要原因。随着素材的不断增多、情节的不断丰富,部分分章本最终发展为分部本,这些素材情节来自社会方方面面,既有政治、经济的,也有反映民间事象的,当然也包括涉及汉藏关系的。素材的增多必然会引起史诗篇幅的变大,故而汉藏关系在分部本中能够得到更好更详细的表述,《加岭传奇之部》就是这样的经典代表。其次,有些分章本属于《格萨尔》史诗原型性质的本子,但是苦于得不到政治宗教的有力支持,再加上方言的影响,后来出现的社会历史文化现象很难进入史诗系统,从而导致汉藏关系的主题难以体现,《阿尼·措》就是这样一部本子。而有的分章本属于分部本简略本,因而能够将分部本中的若干文化事象适当保留,只是情节简约了,篇幅缩小了而已,像北京版《格斯尔》应属于这种情况。再次,也有的本子属于介于原型本与分部本之间的形态,也就是说确实存在有些分章本总体宗教色彩并不浓厚,但是各个故事具有相对独立性,因而比原型本故事更为细腻,这样的本子很可能就是分部本的原型,其中也会出现汉藏关系

[①] 阿图、徐国琼、解世毅翻译整理:《格萨尔——加岭传奇之部》,中国民间文艺出版社(云南版)1984年版,第294页。

的相关情节。贵德本中尽管没有涉及汉藏关系一章，但其很可能是一个不完整本，因此，也不能排除原本中有这方面的内容这一可能。尽管本子类型不同确实会造成反映汉藏关系主题的差异，但归根到底，历史现实中的汉藏友好关系才是史诗汉藏关系主题的最初来源，现实是文学题材与主题的"源泉"。

四 爱国主题

有些学者已经注意到《格萨尔》史诗中具有丰富的爱国主义思想，王兴先先生在《〈格萨尔〉论要》中提出"爱国统一思想是《格萨尔》史诗的主旋律"，是《格萨尔》史诗思想内涵的重要组成部分。但是基于前文所依据的观点——不同文本形态的史诗，其思想内涵也存在不同程度上的差异，因此，我们有必要从版本类型的角度来剖析史诗的爱国统一思想，以了解这一主题的发展轨迹及其所彰显的文化特征。

《阿尼·措》故事简单，从情节来看，尚处于魔幻故事的发展阶段，没有更多的社会历史信息进入到史诗的传播系统，因此，在《阿尼·措》中，要发掘出什么爱国统一的思想主题并无意义。故事中，魔王也有自己的队伍，有魔女，有十八妖怪等，但这些精怪尚处于人类的前文明历史时期，他们所谓的小团体既没有明确的政治动机，也没有成建制的部属，尚没有国家概念，因此更无从谈起什么爱国主义。贵德本中，主要涉及的国家有魔国与霍国。与魔王的战争，与其说是两个国家的战争，不如说是一次单纯的除魔行动，尽管在最后也说到格萨尔消灭众魔后废除了人吃人的风俗，百姓过上了快乐的生活。但是从整体情节来看，这还是属于英雄大战魔怪的传奇故事向国家战争发展的过渡，爱国主义不是非常明显。在霍岭之战中，霍尔国富民强，经常仗势欺人，国中有三位霍尔王，其中以黄帐王力量最为强大，威名远扬，而国内，亲王大臣与各种官职一应俱全，已经初具国家的基本形态。而且，霍岭之间的战争不完全是英雄的家事，也涉及了双边的称臣纳贡的臣属关系，谋取国家利益才是霍岭战争的根本原因，王妃珠毛被抢只是一系列事件的导火索而已，女人与抢婚是人类早期历史时期导致战争的主要原因之一。当岭国面对来犯之敌时，格萨尔王因降魔未归，珠毛立即承担起了团结军民、保家卫国的责任，各大部落、各大英雄纷纷走上前台，表示要奋力杀敌，珠毛更是鼓舞他们："你们是花岭国大忠臣，你们个个有本领。今天为国出征去，祝你们马到能成功。"① 岭国虽然较早就开始备战，军心甚稳，但作为入侵方，霍尔国也派出了强大的阵容。霍岭战争是一次完整的基于国家利益的，以个人恩怨为导火索，由全民参与的一次完整的国家战争，也只有在这样的战争中，个人利益与国家利益才能得到最终统一，英雄的军事行动才能称之为爱国主义。

在分部本中，由于故事情节更为复杂多样，涉及的国家或部落更多，比如有些分部本就包含十八大宗与八十小宗之说。"宗"在古藏文中原为"城堡"之意，后引申为"国家、部落"义，如《征服大食财宗》《降服蒙古马宗》与《降服象雄珍珠宗》等；在《格萨尔》中，还有一意即"宝库"，此意与"国家"无关，战争的直接目的就是获取财宝，如《察瓦绒箭宗》与《丹玛青稞宗》等。《格萨尔》的十八大宗应该是格萨尔及其军队攻陷十八个大的国家或城堡，八十小宗就是攻取了较小的城堡或国家。分部本中，作战双方都具有相当实力，在内容上已经超越了除恶扬善的主题，现实生活与生产资料的获取成为作战的主要动机，这时的战争，国家利益与民族利益凸显出来，因此，几乎每个部本都彰显了爱国主义主题。

在分章本与分部本中，爱国主义的表现存在较大差异。不同版本产生的历史时期不同，会造成其所反映的社会现实的差异，像《阿尼·措》属于早期原型本，故而后来出现的发生于藏区核心地带的若干历史事件没有出现在此本中，国家部落战争中的爱国主义行为很难得到体现。而分部本形成的历史时期较晚，因此，能够全面地反映诸历史时期的社会现象，此其一。职业艺人浪迹高原，凡到之地的部落冲突及英雄故事都会成为原始素材，再由于早期故事本主要靠大众口头传播，很少有职业艺人进行加工，因此较为完整的英雄故事很难原貌进入史诗传播体系，也造成部分分章本中爱国主义思想不甚明确。而分部本恰恰相反，因为艺人的职业加工，再加博闻广记，最终导致分部本爱国主义思想得以明确表述，此其二。随着社会发展，民族意识日益增强，国家战

---

① 王沂暖、华甲译：《格萨尔王传（贵德分章本）》，甘肃人民出版社1981年版，"译者前言"，第125页。

争也开始具有民族战争的性质,国家利益与民族利益纠缠在一起,其中的英雄人物就顺理成章地成了民族英雄与爱国主义的典范。因此,在后来的本子中,无论是分部本还是分章本都对爱国主义有不同程度的表述。

但也应看到,格萨尔的战争未必都是正义的,有些战争的发动更像是出于私利,单纯为了占有土地或财产而引发,"他想得到哪座宝库,想得到哪座城堡,便发大兵去'开启',去'攻取'"。[1] 英雄格萨尔是正义的化身,但是人作为社会关系的总和,他也不能脱离那个特殊时代的影响。

本章小结

降边嘉措先生认为《格萨尔》史诗"所反映的社会生活面极广,内容异常丰富,从不同的角度显示出多种多样的思想内容和社会意义,因而具有多方面的认识价值和美学价值……《格萨尔》的思想内容就显得比较复杂,有些部分还是互相矛盾的。在这种情况下,要十分明确、十分概括地指出它的主题思想和社会意义,是比较困难的"。[2] 看来,笼统阐明《格萨尔》史诗的主题实在是件难事,因此,他从另外一个视角去发掘表象后面的哲学与美学意义上的深层次的主题,不再涉及具体的思想主题。因此,当我们去探讨《格萨尔》的主题时,也应该注意到以下几点。首先,要注意史诗版本与特殊历史时期的吻合问题。如《阿尼·措》这样的早期(很少受到后期文化影响的)本子与后来的经历过若干历史事件的分部本的主题必然会有很大差异。其次,要注意分部本与分章本在主题展现上的差异,分部本往往独立成书,篇幅长,内容曲折,细节描写较为多见;而分章本则受篇幅所限,内容简洁明约,情节直白,通俗易懂。尽管这两类本子都展现了汉、藏关系或爱国主义的主题,但

---

[1] 徐国琼:《〈格萨尔〉史诗散论》,转引自扎西东珠、王兴先编著《〈格萨尔〉学史稿》,甘肃民族出版社2002年第1版,第370页。

[2] 转引自扎西东珠、王兴先编著《〈格萨尔〉学史稿》,甘肃民族出版社2002年版,第220页。

深入程度很不一样。目前所见到的由艺人报出的说唱部本中一般会有涉及汉、藏关系的独立部本，如《加岭传奇之部》，独立成部能够全方位地展现汉、藏关系。再次，研究者的视角也很关键，有的学者喜欢从美学与哲学角度去发现史诗的人性美及提升史诗的哲学高度，而有的则喜欢挖掘现实主题，不同的研究旨趣会影响到研究结论，有的学者认为史诗反映了藏族人民对真、善、美的执着追求及人对自我价值的自我认识和自我肯定，而有的学者则认为史诗反映了抑强扶弱、爱国主义与汉藏团结等主题。最后，对于史诗主题的解读还受到研究者所处社会历史环境的影响，研究者会根据现实需要对经典进行解读以服务于现实社会。

《格萨尔》史诗的主题是分层次的，最初层次的主题是降妖伏魔、为民除害，第二个层次的主题是抑强扶弱，第三个层次的主题是反抗侵略与爱国主义，第四个层次就是汉藏友好关系。不同层次的主题实际上是与《格萨尔》的发展是一脉相承的，是一种历史主义的提高与升华，每一次主题的升华都是史诗现实主义的凸显。史诗主题层次的发展即是对客观现实的反映，也是现实发展的需要。史诗主题随着解读者视角的转变也随之发生变化，而且说唱的文化环境也会"制造主题"，甚至是一些看似矛盾的主题也会堂而皇之地出现在同一部本中。

第四章

《格萨尔》史诗的受众研究

第一节 受众群体特征

《格萨尔》史诗发展至今，卷帙浩繁，内容丰富，是藏族人民的"百科全书"。史诗艺人在史诗的传播与发展中固然起到了重要作用，作为受众的广大人民群众在史诗的传播与发展中也起到了很大的推动作用，这点是不容忽视的。庞大的受众群体不仅是史诗传播的接受者，而且也直接或间接参与了史诗的再创作。因此，对《格萨尔》受众的研究是史诗传播研究的重要组成部分。

在传播学上，受众是指各种传播活动中信息的接受者，是传播的对象与信息的目的地，是传播者传播意图的体现者，同时又是传播行为的"反馈源"。受众与传播者都是传播主体，两者既相互依存，又相互作用，对传播活动起着重要的作用。

《格萨尔》史诗的受众群体庞大，类型多样，按照不同标准可以划分为不同类型。从受众群体的稳定性与职业性来看，可以将史诗的受众群体划分为普通受众与特殊受众。普通受众是指那些有机会聆听《格萨尔》史诗的大众，他们与史诗的接触带有很大的偶然性，艺人所到之处，凡是聆听过说唱活动的群众都可以称之为《格萨尔》史诗的普通受众，普通受众占史诗受众的绝大多数，他们中有牧民，有僧人，也有与艺人随行的朝佛者。在一些史诗流传地，比如玛曲县，毫不夸张地说只要会唱歌的人就能唱上几句《格萨尔》，民众既是史诗的普通传播者，又是普通受众群。

特殊受众是指那些对史诗具有特殊兴趣，并且能够有更好条件与更多机会接触史诗文本或聆听史诗说唱活动的人，这一群体具有相对稳定性，但是论其数量仅占史诗受众的少数。特殊受众的接受活动，按照接触对象的不同，可以再分为两类，一类是对文本或格萨尔文物的稳定接触的职业人员，另一类是对说唱活动有稳定接触的相关人员。前者主要指一些宁玛派僧人为了达到弘扬宗教的目的而有意将史诗宗教化，有些寺院长期保留有《格萨尔》史诗的抄本及一些格萨尔文物，这些宁玛派僧人就算是史诗的特殊受众，他们的接受活动往往出于宗教目的或是延续文化传统。还有些贵族每年都定期举行《格萨尔》说唱活动，甚至邀请其他贵族一起欣赏，这些人对史诗往往也具有浓厚的兴趣，再加上他们具有相对雄厚的经济条件与较高的政治地位，完全有条件使这种说唱活动在一定范围及社交圈子中稳定下来，成为一种约定俗成的群体文化传统，因而这些人也成了史诗的特殊受众，但是和僧人传教不同，他们更多是为了娱乐。此外，对史诗接触的稳定性与目的性是划分《格萨尔》史诗不同受众群体的重要标志。广大普通受众可能有更多的机会接触史诗，但这种接触少有预期计划与安排，更多是建立在偶然性的基础上，因此，仅仅以接触史诗的频繁性来作为划分《格萨尔》受众群的指标是不严谨的。受众的经济地位、政治地位及特殊的接受目的才是不同受众群体形成的前提与基础。

《格萨尔》史诗的传播历经千年，在漫长的历史长河中形成了庞大的受众群体。受众是史诗得以传承的前提，没有他们史诗不可能以活形态的形式传播到现在。因此，研究《格萨尔》受众群体的特性有助于我们深入把握史诗的发展规律。从社会层面来讲，《格萨尔》史诗的受众具有广泛性、阶级性与宗教性的特点，在空间层面来讲则具有流动性的特点，此外受众的分散性既涉及社会层面也涉及空间层面。总体来看，《格萨尔》史诗具有如下特征。

一 广泛性

史诗是民族智慧的集体结晶，英雄史诗是叙述古代英雄伟大事迹的长篇叙事诗，所涉及的事件多为整个民族集体参与，因而广大民众亲自参与的历史事件即是史诗最直接的素材来源，民众同时又是这些事件的传播者与接收者，毫不夸张地说广大民众自始至终就参与了史诗的传播与创作,不同年龄、文化程度、部落、阶级及宗教派别的受传者都有可能成为史诗的传播者与受众,英雄史诗的人民性特征正是源于此。广大人民是《格萨尔》史诗的载体,是史诗的"源泉",人民性特征是史诗得以长久传承并不断发展的根本原因。传播过程中,史诗的人民性具体表现为受众群体的广泛性。

二 阶层性

贵族、官僚与人民大众有着不同的价值观、思想情感与行为规范,对于史诗的接受也有着不同的意图与审美倾向,因而不同阶层的受众群体对于《格萨尔》史诗的接受程度也存在差异。除了部分贵族所享受的娱乐功能外,宗教集团与统治阶层还有意识地利用《格萨尔》史诗对人民进行教化,以发挥其社会整合功能,提振民族精神,固化社会结构,而老百姓更多的是从实用的角度来满足自己的精神文化需求。在旧社会,统治阶级多认为《格萨尔》史诗属于俗文化,登不上大雅之堂。因此,《格萨尔》史诗这个"俗文化"的代表性艺术作品,一直未能被社会大传统所接受,统治阶级中只有部分教派及感兴趣的贵族参与了史诗传播,甚至有人认为《格萨尔》史诗是"乞丐的喧嚣",称说唱艺人是"疯子"。然而,《格萨尔》却由于其淳朴的民风及丰富的文化内涵,深受人民大众的喜爱,在民间获得了巨大的发展空间。因此,受众阶级性的存在,对史诗的发展既是一种强有力的制约,对史诗的发展的确会有一些限制作用,但这客观上又促使《格萨尔》史诗能在民间长久自由无束缚传播,最大限度地保留了"原汁原味"的民间风貌。

三 宗教性

《格萨尔》史诗自诞生,经过发展,直到成熟,自始至终都受到了宗教的影响。不同宗教派别的受众对史诗采取了截然不同的态度,其中宁玛派僧人在史诗的发展过程中贡献最大,但这种贡献是以对"原生态"史诗进行改头换面为代价的,最终的结果是本来原生态的"素颜"史诗最终变成了宗教色彩浓厚的"人为"史诗。

从史诗的流传状况来看,安多与康区是史诗的主要流传地,而这些地区正是藏传佛教宁玛派发展最为昌盛之处。随着藏传佛教的发展,作为藏传佛教最早派别的宁玛派逐渐丧失掉了核心地位，发展逐渐式微，继而崛起的是受到中央王朝大力支持的萨迦派及格鲁派。然而宁玛派僧人并没有就此消沉，为了维护自己的信仰与教派利益，重振本派辉煌，他们另觅他径，通过与民间史诗相结合的方式传播教派思想，在艰难中维持发展。无独有偶，《格萨尔》史诗的发展也需要不断注入新的活力以保持其旺盛传承能力，否则史诗就会有被"固化"与文本化的风险，史诗也要寻求"与时俱进"的渠道。最终，宁玛派与史诗进行了巧妙结合，两者各有所需，史诗最终成了宗教传播的工具，担负起"形塑"与"培养"受众的重要职责，最终的结果是，史诗的受众群体也变成了佛教徒，两者实现了充分的融合。

尽管如此，我们不能忽视其他教派在史诗传承中的作用，有些教派的宗教人士家里也藏有《格萨尔》抄本，这客观上推动了史诗的传播，也促成史诗与不同教派相结合而生成不同的本子。值得注意的是，随着社会的发展，《格萨尔》史诗受众群体间的宗教界限已经不再那么分明，更多的受众也就是为了打发寂寥的时光来听艺人的说唱，艺术欣赏成为史诗说唱活动得以开展的主旨，这也客观上导致史诗的受众群体越来越大。

四　分散性

《格萨尔》史诗受众的分散性是指受众因政治、经济及宗教等原因分散于社会不同类型的群体中，也指这些受众在空间分布上的非集中性。

不同群体的受众由于受到其所属群体价值观及社会规范的影响，对史诗有着不同的审美倾向与需求，由此对史诗进行不同的诠释。社会各阶层人士都会极力从史诗中找到自己想要的东西，力图把史诗建构成自己的心理依靠。不同群体的成员尽管教派、阶级或文化背景不同，但都能够从史诗这里获得帮助与支持。而且受众群体与史诗建立起的广泛的密切关系也为史诗的发展提供了很大的空间，正是受众的分散性，使得更多阶层的人士都参与到史诗的传播中来，《格萨尔》的影响越来越大，随着各阶层人士不同程度上的参与，史诗成为整个民族集体智慧的结晶。

此外，在地理空间上，《格萨尔》受众与史诗的传播区域是一致的，安多与康区是《格萨尔》传播的核心区，史诗以两地为中心向四周扩散。

总体来看，《格萨尔》受众主要分布于藏北与藏东地区的安多与康区，此外零星分布于卫藏及藏文化边缘地区。局部来看，《格萨尔》受众又呈分散态势，即使在核心地区，也由于地广人稀，居住分散，受众很难集中结群，使得传播活动只能独立小规模进行。

但也应注意到，正是受众地理分布的分散性及与之相适应的小规模传播使得艺人对所接触到的素材信息有了更多的编创空间和发挥余地，史诗进而可以不断获得更多的新鲜血液。如果在受众过于集中的社会，传播者与受传者之间的信道既"短"又"窄"，传者之间很容易达成信息一致，导致传播者少有自由的编创空间。因此，任何活形态的口头文化都很难保持恒久生命力，文本的固化或许会更早到来。这也可以解释为什么著名的活态英雄史诗多产生于人口稀少、居住分散的游牧文化地区，是当地特殊的自然与人文环境孕育了这一特殊文化。

五 流动性

《格萨尔》史诗主要流传于牧区，牧民过着传统的游牧生活，逐水草而居，牧民迁居哪里，艺人就走到哪里，史诗也就传到哪里。大凡听过格萨尔大王故事的人都能说出故事的大概，因而有"每个藏族人口中都有格萨尔的故事"一说，这些分散各地的、流动着的普通受传者构成了《格萨尔》史诗最大的、最基础的受众群体。藏族人民有到拉萨朝佛及转神山与神湖的传统，看似孤寂荒凉的高原，实则在高山圣水间，深涧幽闭处，一直活跃着追求信仰的虔诚信徒，与这些精神旅者同行的往往还有格萨尔仲，他们边走边唱，使得无聊的旅程充满了情趣。旅途中的说唱给这些宗教派别不同的行者提供了一个交流思想、沟通信息、互通情感的舞台。各地的风土人情、故事传奇与个人经验交互融合都会成为艺人的创作素材。受众的流动性是史诗发展的重要力量，也是众多分部本及不同版本形成的主要原因。

六 互换性

《格萨尔》史诗的受者与传者在一定情况下可以互相转换身份。传统的《格萨尔》史诗说唱活动属于面对面的人际传播活动，传播者与受众在一定条件下两者位置可以互换，有些艺人之所以能够成为艺人，其实还要归之于其早期对于史诗的接受活动。有些艺人的亲属中就有著名艺人，如青海果洛州的格日坚赞与著名艺人昂日就有亲属关系，女艺人玉梅的父亲也是一位著名的说唱艺人。还有些艺人由于居住位置的原因，周围都是说唱史诗的艺人，他们聆听史诗相当方便，因此他们自小就是《格萨尔》的忠实听众。这些深受史诗说唱活动熏陶的早期受众最后成长为著名艺人，尽管他们中有些神授艺人不承认他们的早期接受活动对于其成为著名艺人的重要作用，然而从科学的观点来看，早期的信息接收对于他们后来成长为职业艺人的作用是不容小觑的。浓厚的史诗说唱氛围有助于受众在传播者与受传者之间进行自如的角色转换。

此外，由于《格萨尔》说唱活动属于面对面的人际传播，受众能够将接受情况即时反馈给艺人，后者据此及时调整自己的传播内容与方式，进一步满足受众的需求，可见，史诗文本的规约性并不是艺人所必然坚持的准则。为了最大限度上满足听众的需要，达到艺人预期的传播效果，在不同的条件下做出相应的变通也是十分有必要的。

第二节 受众的动机

作为《格萨尔》史诗传播的接受者，绝大部分受众聆听史诗具有偶然性的特点，多数情况下很难有意识安排自己何时何地接受史诗传播，一般是艺人何时来到这个聚居点，就何时进行说唱，至于说唱地点则更为随意，寺庙、院落、草场与路边都有可能成为说唱之处。由此看来，史诗的普通受众在接受活动中很少有主动选择权。然而这种看似被动的接受活动实际上并不排斥受众在接受活动中的主动性，受众的接受活动往往也带有很强的目的性与主观能动性，不以传播者的意志为转移。不同的接受动机直接影响到受传者的接收效果，毕竟，最大限度地使受传者了解说唱内容才是艺人最应该关注的。研究《格萨尔》的受众动机是正确把握史诗艺人编创活动的重要途径。总体来看，《格萨尔》受众具有以下基本动机。

一 消遣娱乐

消遣娱乐是受众通过媒介接受信息传播的一种重要动机，人的物质生活达到一定程度时，对日常娱乐的需求会骤然上升；而且就算物质生活还不是十分宽裕，娱乐消遣也不失为一种用精神满足来填饱肚子的方式。尤其是在传播媒介单一的传统社会，人们消遣娱乐的途径与方式十分有限，口头说唱活动就成为人们消遣娱乐的重要途径。

在荒凉的高原地带，地广人稀，人际交往并不频繁，大多数百姓年复一年地重复着传统生活，日出而作日落而息，单调而枯燥。为了填补精神上的空虚，人们便借助《格萨尔》说唱活动以自娱，消磨空闲时间，免生无聊之感。按照格学家王兴先先生的说法，《格萨尔》史诗中的韵文部分都是合歌的唱词，即使在今天，只要是艺人，他们对史诗中的"颂偈体""年阿体"和"鲁体"等诗文都会诵咏和唱和。因而，王先生称《格萨尔》的韵文部分为歌诗，[①] 可见《格萨尔》说唱活动从本质来讲就是一种民间用来消遣的音乐活动。

周伟先生在谈到史诗说唱时也说：

> 《格萨尔》在传播的时候，实质上就是以一种系列歌剧的形式出现的，属于一种表演艺术，具有曲艺的表演特征。是诗与歌的结合，是诗的节奏和旋律（歌调）的结合，说唱艺人实质上是一种歌剧和曲艺的表演艺术家，而接受者是他的听众。曲折的故事情节，动听的曲调，精彩的表演，对接受者来说完全是一种对综合表演艺术的美的享受。[②]

欧洲著名音乐理论家夏尔·丰通曾说："神圣的音乐艺术——如此称谓就是为了赞扬和称颂它——其爱好者如世界人口那样多。音乐王国里皆为芸芸众生，即便是再蛮荒的国度，音乐的恬美和魅力也不会不为人们认可。每个民族都有自己的音乐，人人皆有音乐品味，只是因人而异罢了。音乐作为神圣的艺术，应该是对全人类共有的启示；人人都能平等分享它带来的愉悦和灵验，因为通过音乐，人人都要满足自己最基本

[①] 王兴先：《格萨尔论要》（增订本），甘肃民族出版社2002年版，第232—233页。
[②] 周伟：《〈格萨尔〉的流传与接受论》，《民族文学研究》1986年第5期。

的需求。然而，论及品味，每个特定民族的音乐又生来大相径庭。"①

著名心理学家马斯洛认为，音乐活动可以使人不断地获得最美好的"高峰体验"。"高峰体验"是指一个人自我实现的短暂时刻，亦是一生中最欣喜、最幸福、最完美的时刻。他说："他们都声称在这类体验中感到窥见了终极真理、事物的本质和生活的奥秘，……突然步入了天堂，实现了奇迹，达到了尽善尽美。"② 他还指出："这些美好的瞬时体验来自爱情，和异性结合；来自审美感受，特别是对音乐的欣赏，来自创造冲动和创造激情（伟大的灵感）；来自意义重大的顿悟和发现真理。"③ 事实上，这种"高峰体验"对于长期生活在孤寂高原的藏族百姓来说更为需要，它可以给高原的牧人带来生机与情趣。每当艺人来到一个村落、聚居点或一个帐篷，这都会成为人们奔走相告的乐事，人们又有机会经历一次节日似的"狂欢"。

李斯特也曾经生动地描绘了音乐的这种力量，他说："感情借着音乐中的腾空直上的音浪把我们带到超凌尘世之外的高处，在那里，一片朦胧景色，在众星闪烁之下飘着几许小岛，宛如天鹅般地在太空中遨游、歌唱。感情借着万古长青的艺术之翼把我们带进一个只有它可以进入的奥妙境界，那儿的清新而自由的呼吸使我们心旷神怡，我们满怀预感参加到无形的存在、没有躯壳的精神生活中去。超越乎我们的贫乏、可怜的尘世的躯壳之上，超越乎我们狭隘的小圈子之上，在我们面前展开一望无际的广阔天地……使我们因幸福而感到心弦颤抖。"④ 广大史诗受众也是借着悠扬悦耳的唱词进入到故事里面，身临其境，仿佛进入到岭国的世界，作为格萨尔的部下驰骋疆场，杀敌报国，弘扬佛法。这种体验不是一种即时的快乐，而是一种长久处于亢奋状态的精神体验，它所带来的精神享受远过其他民间艺术形式。这种意境是很难通过天籁之音或是其他民间活动所能达到的，只有《格萨尔》说唱活动才能独胜其任。

说唱中，音乐为"路"，唱词为"车"，艺人与受众借着悠扬的曲调

---

① 斯蒂芬·布鲁姆等：《民族音乐学与现代音乐史》，人民出版社2009年版，第208页。
② 罗小平、黄虹：《音乐心理学》，上海音乐学院出版社2008年版，第218页。
③ 车文博：《人本主义心理学》，浙江教育出版社2003年版，第142—144页。
④ 李斯特：《论柏辽兹与舒曼》，张洪岛、张洪模、张宁译，音乐出版社1962年版，第28页。

一起来到了另一个世界，共同体验理想王国的美妙，那里有庄严的佛陀、慈祥的天母、轻盈的仙女，仙乐齐奏，鸟语花香，如梦如幻，醉人心怀，这是一个何等曼妙的世界；那里也有凶神恶煞般的妖魔鬼怪，狰狞恐怖，人世间的丑恶与凶残在轻盈的美与勇武的善面前，消形遁影。在《赛马称王》之部里，受众就如觉如一样勇夺头名，好好地过上一把赛马瘾。在这里，受众忘却了日常生活的烦恼，摆脱了现实中狭小的人际空间，感受到的是超脱的想象与精神生活带来的愉悦，令人心旷神怡，流连忘返。说唱活动往往彻夜达旦，给受众带来了更为持久的"高峰体验"。每当说唱完毕，连艺人都难以从这种醉人的境界中马上离开，受众更是恋恋不舍，他们都不愿离开这快乐之地。现实的苦痛使他们有着更为强烈的追求"理想国"的愿望。

《格萨尔》史诗说唱活动为落寞的高原带来了积极的精神生活。因此，这些难登大雅之堂的说唱艺人凡到一地，就意味着一场小规模的狂欢节的到来，因此这些艺人也备受普通百姓的爱戴。在这样的小规模狂欢活动中，广大受众不仅获得了美的享受，更满足了自己的情感需求，心情更为愉悦。

千百年来，《格萨尔》史诗滋润着高原人的心灵，使高原人永不入"眠"。

二 满足信息需求

《格萨尔》史诗经过千年发展，内容极其多样，已经远远超越了作为民间文学作品的一般社会意义，其丰富的民俗文化与知识都成为引导普通民众生活的重要信息。根据马斯洛的基本需要理论，人有七个层次的基本需要，其中人对安全的需要便是其中之一。社会生活中，人们需要有稳定的、有秩序的、和平的生存环境，并且身处这样的环境下能够帮助他们消除威胁力量带来的恐惧，满足他们渴求把握未知领域的好奇心，这属于人的一种本能需求。无论是要适应现实世界还是要把握未知世界，以往经验至关重要，这就需要受众对信息有充分的把握能力。对于以散居为主的高原牧民来说，通过社区的支持来获得更多的信息既不现实，又不可能。就算人们凭借相同的宗教信仰集聚于寺院，可寺院更多的是提供精神层面的宗教支持，日常社会生活的信息来源就少多了。而《格萨尔》说唱艺人游走高原各地，博闻多识，就像一个流动的信息库，既吸纳了丰富的民风民俗，也充满了经验智慧，正好填补了这一信息需求空间。

藏族人民语言丰富，史诗中有很多讲人生道理和处世哲学的谚语，极具思想性。如："渴死不喝沟渠水，那是野牛的本性；饿死不吃泥塘草，那是野马的本性；痛苦不把眼泪流，这是英雄的品格。"[①] 这首谚语赞扬了不畏艰难、坚强不屈、刚烈勇武的英雄品格。又如："黑暗使太阳更明亮，夜晚使星星更光明；污蔑使英雄更荣耀，诽谤使勇士更显明"，这样的谚语教育人们要光明磊落，不要诽谤别人，也告诉人们就算身处逆境也要不屈不挠终将重见光明。这些有关如何处理人际关系以及鼓励人民坚强勇敢的谚语都是人们在长期的社会生活中从经验中总结出来的行为规范，对于受传者正确处理社会关系，实现个人的社会化起到很好的启迪作用。

此外还有些谚语则一针见血地揭露了统治阶级中贵族与喇嘛的贪婪及欺骗的面孔。如"暴君的奖赏，不是爱抚是罪行；喇嘛的沉思，不是诵经是想财"，这样的谚语毫不留情地揭开了统治阶级的虚伪面纱。在古代，这些极为质朴的语言极具革命性。因此，这对于受众正确认识社会现象的本质及把握社会环境具有很好的帮助。史诗中还有许多关于生活经验的谚语，对于人们应付自然威胁及社会威胁也有很好的启发作用，不再一一赘述。

三 满足心理需求

藏族人民长期生活在青藏高原及周边地区，生活条件极为恶劣，广大劳动人民群众在努力攻克大自然带来的难题时，还要照顾到自身和家庭的发展问题，因此自然与社会压力都非常大，藏民族有难以承受之重。有压迫的地方就有反抗，只要敢于反抗就一定有解脱的希望，但是当解脱不能成其为现实时，释放就成为不二选择。老百姓需要有一种媒介来宣泄被压抑的情绪，《格萨尔》史诗正好承担了解脱与释放的双重职能。

史诗中有些内容能够满足人们追求刺激的心理。史诗中战争场面激

[①] 王兴先主编：《格萨尔文库（一）》，甘肃民族出版社2000年版，第153页。

烈残酷，降妖伏魔，打打杀杀，好不痛快，既弘扬了宗教思想，又释放了人的"死亡本能"。对英雄的崇拜激起了人的"生的本能"。常规的日常生活免不了无聊，史诗中有既有浪漫的儿女情长，也有缠绵的爱情，为百姓的生活提供了诸多生活情趣。

此外，百姓还能够从史诗的说唱活动中满足个人心理"达不到的愿望"——利用史诗来补偿自己生活中因有限能力带来的挫折感。雪域高原极端恶劣的自然环境与特殊的社会历史进程，使得人民很难成为战胜自然与社会的强者，因而，他们通过聆听《格萨尔》史诗，通过崇尚英雄的勇武、赞扬英雄的善与美，来鞭挞现实的丑恶，英雄气概从而成为弱者的精神支柱。在《格萨尔》里，百姓通过对史诗角色的"认同"，体验了自己从未体验过的高深意境。史诗为广大受众群体塑造了一个"拟态的"社会信息环境，人们可以在这里宣泄情绪、获得鼓舞，这既是一种对苦难的暂时逃避，又是一种心理上的伟大超越。

社会心理学的角色理论受到戏剧舞台表演的启发，该理论认为每个人在社会上都扮演一定的角色，角色不同，社会所赋予的期待也不一样，每个角色都会按照这个角色期待表演自己，承担一定的社会责任与义务。英雄与侠不同，他不仅要承担惩恶扬善、抑强扶弱的社会责任，还要承担一定的宗教或政治责任。藏族人民之所以把格萨尔塑造成为一名民族英雄，这与藏族人民对英雄的崇拜心理有关，涉及了藏民族更为深层次的心理需求。我们从藏民族对英雄格萨尔的塑造上即可窥见藏民族深层次的心理需求。

首先，总体来看，英雄的出现是古代人民社会意识觉醒的体现，是表达美好的、进步的理想愿望的一种方式。英雄往往不指某一个人，而是一个类型，然而文化水平不高的大众总是希望将这一类人的特征集中到一个能够看得见、摸得着的、有名有姓的实实在在的个体上，最好还能够在历史上找到这个人物，因此他们愿意将本属概念的东西归之于实际存在。这里就必然会涉及叙事的两个层面，那就是想象的叙事与现实的叙事，通过两种叙事的完美结合，英雄自然就会成为民间口头传统的主题之一，最终以文学的形式出现。

其次，在自然与社会的长期双重压迫下，藏民族慢慢形成了依靠奇迹改善生存状态的思想。马克思说过："弱者总是靠相信奇迹求得解放，以为只要他能在自己的想象中驱除了敌人就算打败了敌人。"① 随着社会的发展，人们意识到仅凭一己之力难以战胜来自各方面的威胁，于是开始企盼有超乎常人能力之人出现，他能带领大家战胜困难，英雄概念自然就出现在人们的脑海中。一旦现实中有类似这样的人物出现，想象与现实立即会达成共识，想象中的英雄就会被大家用共同意志塑造出来。"侠"或许就是格萨尔的原型之一，然而当"侠"具有了完善的宗教思想与政治诉求以后，便成了实实在在的英雄。格萨尔正是这样一位人物，他是美与善的化身，他通过武力与智慧战胜敌人，为民众伸张正义，体现了人民的理想诉求。

最后，也应该看到，作为神之子的脱巴嘎下凡，成为"为民除害、抑强扶弱"的人间君王，实际上也是佛教神话发展的必然。著名神话学家凯伦·阿姆斯特朗在她的《神话简史》中提到，"一个神话的成败并不以给出多少事实为凭据，最重要的是它能否指导人们的言行举止。它的真理价值必须要在实践中得以揭晓——无论是仪式性的还是伦理性的。如果它被视为纯粹理性的假说，那么，它将离人类日渐遥远，而且变得越来越难以置信。"② 神话与宗教不同，前者一旦离开了合适的"土壤"，就多会消失于历史中，难寻踪迹。而佛教是一种人为宗教，到藏族居住区后获得了很大的发展空间，作为一种意识形态，佛教更多的是以道德规范的形式对社会施加影响，就如儒家文化对中国传统社会的影响一样，它不需要过多的神话编创来维持宗教影响。尽管宗教的起源与神话有着密切的关系，然而宗教在发展过程中就不一定非得倚靠神话，宗教中的神话是神话嵌入宗教以后的结果。这些附着于佛教的神话比佛教本身的发展空间要小，为了在宗教中寻得合适的位置也会主动寻求与地上的"人"建立联系。因而也就出现了佛教神灵大梵天尊观世音之意派幼子下凡的故事。格萨尔连接"佛教——神话——人"，表面来看是前两者拯救了人，实则是人给了前两者发展的空间，维持了它们在百姓心目中的存在。

---

① 王立：《中国文学主题学——江湖侠踪与侠文学》，中州古籍出版社1995年版，第333页。

② [英]凯伦·阿姆斯特朗：《神话简史》，重庆出版社2005年版，第24—25页。

格萨尔，人民对他实在是赋予了太多的角色期待，他的丰功伟绩是其角色实现的结果。在格萨尔身上，承担了藏族人民太多的梦想与追求，而这一切恰恰能够满足广大百姓求真、求善、求美的心理需求。

四 人际交往的需要

按照马斯洛的人际需求理论，人有交往的心理需求。藏族居住地区位于青藏高原及周边地带，地广人稀，再加上部落之间的隔阂、各自为政，人际间的交往并不频繁。《格萨尔》史诗具有真、善、美的深邃内涵，以反抗侵略、维护统一的爱国主义精神为主题，高扬英雄主义伟大旗帜，因此成为不同部落、不同地域的藏族人民的共同记忆。

在《格萨尔》说唱氛围浓厚的社区，史诗也往往会成为社交场合的重要话题，评论人物、述说故事，是社区生活的重要组成部分。比如，对晁同的评价就是在长期流传过程中形成的，藏族百姓对这一人物的评价具有高度的一致性，大家普遍认为"尽管晁同贪财好色，阴奉阳违，但《格萨尔》不能没有晁同"，如果缺少了这个角色，史诗的艺术特色会逊色不少。这是因为在社区交往中，英雄固然值得传诵，受众对于英雄及英雄事迹极容易达成共识，然而过于统一的看法就缺少了继续探讨的空间；反而像晁同这样的反面人物，就像玉中之瑕，对其进行品评时容易产生争议，然而却也为人际交往中的闲谈留足了发挥的空间。

除此之外，《格萨尔》还为受众提供了交往的平台。这些不相统属、平素也无过多来往的人因为《格萨尔》而走到了一起，从而使他们感受到了心理上的亲近感，甚至建立了比较固定的社交圈。这些曾经聆听过格萨尔故事的人，由于熟谙史诗内容，往往会成为社区聚会的中心人物，比别人拥有更多的话语权，如此一来，不仅为自己赢得了一定的威信，也积累了必要的社会资本。

总之，受众对于史诗的接受总是遵循一定的心理规律。在史诗的传播过程中，受众会主动参与传播过程，并及时将接受情况反馈给艺人。基于信息可得性的考虑，人在心理上总会更愿意接触那些在时空距离与心理距离上更为接近自己的信息内容，更何况在传播条件极其落后及信息低量的古代社会中，广大牧民又有什么特殊理由拒绝这种近在咫尺的说唱活动呢？《格萨尔》艺人游走高原各地，走村入寨，把英雄的故事送到各处的草原牧场，受众根本不需要付出更多的精力也不必借助其他特殊手段就可以欣赏到集故事性与音乐性于一体的精彩史诗说唱，这极大地调动了受众参与史诗传播活动的积极性。除去可得性的考虑外，受众接触史诗说唱往往还有为自身考虑的功利性目的，比如获取新知识、了解新经验等。相对而言，受众对于题材新颖的传播内容与方式更为感兴趣。有些村落位于朝佛道路的两边或是邻近寺院，这些地方就经常会成为艺人光临的地方，不同艺人的说唱风格往往不同，内容也有差异，尽管艺人来了一拨又一拨，但是百姓还是乐此不疲，愿意前往聆听，寻求新信息。

无论出于什么样的动机，受众接受史诗的过程，在客观上都促进了个人的个性发展，加快了个体的社会化进程。个人可以以史诗中的英雄人物与社会规范为参照对象，从而对自身进行反思，完成自我评价，并以此为基础调整自己的观念与行为，完成个体与社会的整合。因此，个人的社会化过程与接受史诗的过程，几乎是同时进行的。

第三节　受众的选择性接受

一般认为，只有在大众传播活动中，受众的积极主动性才能调动起来。其实不然，其实在传统传播活动中，受众也会积极主动参与到传播进程中来。在《格萨尔》史诗的说唱活动中，受众对史诗的说唱活动就具有较大的选择性。

首先，受众有选择《格萨尔》说唱部本的自由。《格萨尔》史诗部本繁多，艺人每到一地不可能把所有的部本都说唱给受众，便把选择权交给了听众，受众往往会根据自己的喜好、需求与目的来选择不同的部本由艺人说唱。青海黄南州的艺人仓央嘉措在谈起自己创作《白惹羊城》时就坦称，由于自己说唱水平高，有的听众就问他会不会说唱《白惹羊城》，仓央嘉措根本就没有听说过这部史诗，但好胜心强的他为了面子，还是冥思苦想多日，按照传统格式与情节创造了一部新的《白惹羊城》。[①]

[①] 郭晋渊、角巴东主：《他与〈格萨尔〉的不解之缘——访黄南州艺人仓央嘉措》，载《格萨尔研究》（第四辑），内蒙古大学出版社1989年版，第257页。

因此，艺人除了喜欢说唱自己最拿手的部本外，受众的爱好与选择也是艺人应该考虑的重要因素。在民间，当一家人生了小孩后，就会请《格萨尔》艺人来说唱《英雄诞生之部》；在赛马会上，艺人就会说唱《赛马称王之部》等。总的来说，艺人选择说唱部本时主要考虑两个方面的因素：一是自己对某一部本的专长，二是受众的选择。当这两个因素出现冲突时，有些艺人往往会考虑到面子，而会把说唱部本的选择权交给受众，毕竟在他们的心目中百姓的认可更为关键，因为无论哪个艺人都需要利用口碑来包装自己。不过，对于那些极负盛名的、公认的权威说唱家，受众一般也不会去主动干涉他们的说唱活动，说唱哪一部本完全由艺人自己决定。新中国成立后，我国相关工作小组在整理史诗的过程中需要对著名艺人的说唱进行录音，为了充分发扬民主精神以及表现出对说唱艺人的尊重，说唱部本及时间多由艺人自己说了算。

其次，受众会对《格萨尔》史诗传播进行选择性解释，普通受众与作为研究者的特殊受众会对史诗说唱活动进行不尽相同的解释。第一，作为普通受众群体，由于个体的经历、文化素养及宗教背景的不同，会对史诗内容做出见仁见智的解释。同样一部《格萨尔》史诗，在普通大众眼中是一部志趣高雅、寄托理想并寻求真、善、美的民间艺术形式；但是在有些派别的寺院僧人看来，《格萨尔》中尽是儿女情长、粗言俗语，与寺院的正统主流文化格格不入，因而采取拒斥的态度；而同为格鲁派寺院，有的寺院活佛就比较宽容地对待史诗与艺人，艺人才让旺堆的"仲夏"帽子就是格鲁派活佛在正式的授冕仪式上授予的，同时还给了他写有活佛名字的认可证书，这无疑扩大了艺人的社会影响力。还有一些贵族则认为《格萨尔》史诗是"乞丐的喧嚣"，难登大雅之堂；但有些有权有势的人因为喜欢《格萨尔》而想整理格萨尔的故事[①]。第二，艺人自身既是传播者也是受传者，有些艺人在最初接触史诗后，自认为就是格萨尔的某位大将或与格萨尔有关的某神圣物的转世，因而具有传诵格萨尔英雄业绩的义务，这种认同感促使其由一名普通传播者向职业艺人转变。而同样作为普通传播者的其他受传者因为缺乏这种认同感，与

---

① 扎巴老人语，转印自拉巴平措：《格萨尔》民间艺人演唱会开幕词（摘自：赵秉理主编：《格萨尔学集成》（一）甘肃民族出版社1990年版，第78页）。

史诗说唱也就失去了机缘，其对史诗的接受便没有那么热衷，只不过是随波逐流。第三，作为特殊受众群体的史诗研究者，由于其学术背景及研究视角的不同，对同一部史诗的宗教倾向有不同的认识。其中体现最明显的就是有学者认为《格萨尔》体现了"抑佛扬苯"的宗教倾向，而更多的学者则认为史诗是"抑苯扬佛"，双方都据理力争，经年不休。直到诺布旺丹提出格萨尔学研究应该进行研究范式的转换，不要再过多纠结于"本质主义"研究，这种争论才逐渐偃旗息鼓。

受众本人的宗教背景、社会政治地位及学术背景不同而给受众的选择性理解造成的影响属于技术层面的解读差异，这是符合人的认知规律的。然而，相比起来，思想意识形态对于《格萨尔》史诗受众的接受影响最为直接有力。"文化大革命"中，《格萨尔》史诗被认为是"害人不浅的毒草，明目张胆地宣扬封建迷信，为了帝王将相歌功颂德"。给史诗流传传播造成了几近毁灭性的打击。后来在《格萨尔》史诗平反后，广大格学研究者从客观的角度认为史诗是藏族人民集体智慧的结晶，弘扬了反抗侵略、维护国家统一的爱国主义精神，也有的学者认为史诗的思想内容为对真、善、美的执着追求及对人的价值的自我认识与自我肯定。两种完全不同的解读表现出思想意识形态不同，对史诗传播的影响会有天壤之别。

再次，普通受众在其一生中可能听过不同艺人说唱的《格萨尔》史诗，部本可能很多，内容可能很杂，然而真正能使自己记忆深刻、较为熟悉的部本却很有限。受众对自己所接触到的媒介信息并非都能记住，只会记住一部分印象深刻的内容，其他内容则随着时间的流逝逐渐淡出脑海。

《格萨尔》受众对史诗的接受具有选择性，选择结果如何则受到多种因素的影响，我们可以借鉴现代传播学的相关观点来深入探讨它的发生学机制。

认识连贯论认为，人们有意识去选择那些与自己固有的价值观点、立场与信仰相一致的内容，其目的就是为避开与自己的固有观念不相一致的信息的影响，从心理学的角度来看，这样可以降低认知难度。这是人性使然，无可厚非。《格萨尔》史诗发展至今，经久不衰，实际上就是广大受众选择性接受的结果。藏传佛教在藏族居住地区的弘扬并不是一帆风顺的,从引进到发展,一路历经磨难,宁玛派僧人最早借助史诗作为传播手段来说服受众接受佛教,这就涉及传播技巧的问题,具体论述在后章详解。史诗还为受众塑造了一个"拟态环境",为大家描绘了一个公平正义的、抑强扶弱的"理想之国"——岭国,这个理想的国度里国富民安,社会主导思想就是崇佛抑苯。崇信佛教的受众接触到的信息与既有信息相一致,因而几乎没有受过什么教育的受众根本不需要付出更多的认知投入,就可理解史诗并表示认同,这种步骤接连发生就会带来良性循环,即史诗越传越广泛,受众也越来越多,史诗也越来越有生命力。藏族民众乐意从既有的宗教信仰传统出发来滋养与提升灵魂的境界。既然如此,为什么史诗又出现对佛不敬的事情受众也能够接受呢?从此点也可以看出认知连贯论的解释存在一定的缺陷。

实用论认为,受众成员往往接触、理解那些能够满足自己需要或符合自己兴趣的信息。这些信息可能与既有价值观念相冲突,然而因为能够满足受众的部分需要而得以保存。《格萨尔》史诗由于具有娱乐及社会整合等功能,不自觉地使广大受众对其产生某种依赖感。正因如此,尽管史诗中存在某些与自己的价值观相抵触的东西,受众也能坦然接受。比如唱本中的确有对僧侣不满的言论,诸如"喇嘛的闭眼沉思,不是诵经是想财""会制造是非的喇嘛多,会做生意的僧侣多,罪恶严重的讲经人多"等语言,对僧不敬是藏传佛教的一大忌,但这些话却堂而皇之地出现在了公开传播的史诗中,当然使人诧异。如果按照认识连贯论的观点来看,上文中这些言论是不可能存在至今的。然而如果从实用论的角度来看,就是符合逻辑的了。藏传佛教经过后弘期后,获得大发展,然而在发展过程中也出现了一些僧人不守戒律、骗取钱财、坑蒙拐骗等有损佛教形象的事情,直至宗喀巴大师的宗教改革才扭转了这一颓势。发展千年的《格萨尔》史诗对这一社会现象自然也不会遗漏,因此关于此情节在史诗中有所反映也是合情合理的,这些语句就是宗教历史的客观记录。受众需要利用这些刺贪刺虐的语言来发泄心中的不满,这样的泄愤之词不仅不会给受众带来认知困难,还会让受众倍感舒心解气,满足了心理需要。此外,苯教毕竟是藏族社会原有的宗教,在有些地区至今影响仍旧很大,对人们的生产与生活有着广泛深入的影响,因此,苯教文化传统在一定程度上会影响到受众群体对史诗的接受。而且并不是所有部本都体现了"抑佛扬苯"的价值取向,如《阿扎司宗玛瑙城》等分部本就是佛教、苯教并存发展,基本不存在贬抑谁的问题。[1]

总之,受众对《格萨尔》史诗的接受是一个复杂的过程,既有心理方面的原因,也有自然环境与社会环境的影响,而自身的宗教派别归属及社会经济地位的差异才是根本原因。任何企图利用单一理论来解释受众对史诗的选择的研究,都很难行得通,既是徒劳的,也是不全面的。

本章小结

受众是一切传播行为的目的所在,研究受众接受程度如何直接关乎传播效果的实现,对于传播者制定更为合理的传播路线及选取更有效的传播技巧至关重要。《格萨尔》史诗的传播同样遵循这一普遍的传播规律。《格萨尔》史诗的受众可以分为普通受众与特殊受众,不同的受众群在史诗的发展过程中具有不同的作用。艺人的传播动机与受众的接受动机也不完全一致,从受众角度来讲,史诗满足了受众的娱乐需求、信息需求、心理需求与交往需求。史诗传播与接受活动的展开客观上促进了受众个体的社会化及社会对个体的认同与整合。受众往往会出于对既有意识形态的认同而有意识地接受史诗的传播,同时受众还往往从实用论的角度对自己的接受活动进行选择。在传播媒介十分有限的情况下,信息的可获得性也是影响受众接受活动的重要因素。《格萨尔》史诗的流传是一个非常具有典型性的传统传播案例,以往,我们对于《格萨尔》史诗的研究多关注作为传播者的艺人,而忽视了对于受众的研究,这不利于全面把握史诗传播的真实面貌,也不利于揭开史诗以活形态长久流传的真正原因。

---

[1] 扎西东珠、王兴先编著:《〈格萨尔〉学史稿》,甘肃民族出版社2002年版,第221页。

第五章

《格萨尔》史诗的传播效果研究

第一节 史诗传播效果的含义

人类的传播活动总是带有某种预设性的目的，传播不仅仅是传播者实现特定目标的重要手段，而且在确保人类文化的历史传承、实现社会系统各部分的协调与沟通、维持社会的进步与发展等方面都发挥着重要作用。传播效果的实现就是传播者主观预设的最终实现。传播效果研究与传播实践的结合最为紧密，传播效果如何，怎样才能获得更好地传播效果，就是传播学者最为关心的问题。《格萨尔》史诗的说唱活动从本质上就是这样一个传播过程，对史诗传播效果的研究实际上就是考察史诗是否实现了传播目的。

所谓传播效果，指的是传播者的传播行为产生的有效结果。狭义上指的是传播者的传播活动实现其意图或目标的程度，广义上则指这一行为所引起的所有客观结果，包括对他人（含受众）和周围社会实际发生作用的一切影响和后果。由此推之，《格萨尔》史诗的传播效果具有两个层面的意义：一是史诗的传播行为对受传者态度及行为的改变产生的影响，这种传播效果的实现主要体现了史诗的说服性功能；二是史诗的传播活动对藏族社会的整合与构建所产生的一切影响和结果，这种传播效果具有一定的间接性、无意性与潜在性特征，体现的是史诗的构建性效果。《格萨尔》史诗的传播效果还有两个考察视角，一个是主导说唱活动的艺人，另一个就是执行宗教传播责任的僧人；前者多关注说唱活动本身的即时传播效果，后者则更多关注深层次传播策略问题，两者紧密结合，互为依存。前者注重通过语言、道具及体势语来实现传播效果，后者注重通过意见领袖及多种传播技巧的运用来达到目的。传播效果并不是某一个传播单位单独作用的结果,而是传播主体、传播内容、传播技巧与传播对象共同作用的力学结果。

《格萨尔》对受传者个人的传播效果呈现三种形态:一是强化已有认知与态度,称之为"强化"效果;二是使原来意向未明、态度不明确的态度明确起来,可称之为"结晶"效果;三是使已有立场与态度发生逆转性变化,称之为"改变"效果。不同于现代传媒所处的社会环境与信息环境,史诗传播的这三种效果具有历时性特征,在史诗的不同发展阶段,效果形态也不尽一致。在史诗的早期传播阶段,"改变"效果与"结晶"效果更为明显,而当藏传佛教在全社会的普及具备了一定的规模并基本确立了其主流地位以后,史诗所进行的重复传播活动就能够强化受传者的既有态度与思想信念,此时"改变"效果的作用就凸显出来。

《格萨尔》史诗的长期传播对广大受众及藏族社会产生了深远的影响,这主要表现在三个层面。

首先,《格萨尔》史诗对受众认知层面的影响。史诗经过千年发展,信息容量大,既有生产、生活知识,又有社会、人生经验,还有民风民俗,受众接收到的是一个百科全书似的信息体系。史诗传播在客观上起到了传播必要的生产、生活知识的作用,从而弥补了低教育水平对社会发展造成的制约。受众接收的这些有关生产、生活的信息,最终引起受众内在认知体系的改变。史诗传播了基于佛教思想的价值观与社会规范,佛教的人文主义精神为受众提供了巨大的精神支持,同时也为佛教在藏族社会生根发芽与发展打下了坚实的基础。

在传统社会,《格萨尔》艺人的创作从表象来看是自由的,对于民间素材及信息的吸纳很少受到什么特殊的限制。的确,史诗的信息系统具有一定的开放性,其中的生产、生活知识及经验完全是客观的。其中的宗教内容具有鲜明的价值取向,那些不利于佛教思想传播的信息多被艺人过滤掉,艺人对素材的取舍客观上形成了一个"视界制约效果"。表面来看,艺人想让受众知道什么后者就能知道什么,受众信息的选择权受到极大限制,因此这种"视界制约效果"限制了受众的认知范围,促成了受众对佛教的接受。

其次,心理与态度层面的变化。史诗传播弘扬了佛教思想,倡导了真、善、美，鞭挞了假、恶、丑，随着史诗传播的深入，这种价值判断逐渐舆论化，并成为一种广泛认同的、具有合法性的社会规范。受众则会从这种已经固化的价值体系中进一步强化自己的思想认识，并约束、引导自己的行为，最终使受众接受史诗的主流价值观，完成个体思想的佛教化。

再次，行动层面的效果。史诗中既有惩恶扬善、作战英勇、为国捐躯的英雄形象，也有胆小如鼠、贪财好色、贪生怕死的懦夫。格萨尔的哥哥嘉擦协噶尔是一位具有汉族血统的藏族英雄，疾恶如仇，奋勇作战，独当一面，是格萨尔的重要战将。他后来在征讨霍尔的战争中为国捐躯，格萨尔悲痛欲绝，举国同哀。史诗中的魔类则代表了丑恶、野蛮与落后，他们自诞生之日起就注定了会被佛教文明所消灭。

当格萨尔把黄霍尔王擒服后，面对后者的求饶，格萨尔说："……你叫我哥哥甲擦活过来，……你叫勇将三百六活过来，……你的财宝我不贪，我要给岭国人报血仇，我要把害人的妖魔都杀完。"[①] 见格萨尔杀黄账王时犹犹豫豫，天母巩闷姐毛劝格萨尔道："顿珠尕尔保，我的好孩子。你若不肯降服他，他就要来降服你。水晶宝刀别留情，要为岭国杀仇敌。霍尔王是害人精，快快让他刀下死！"[②] 为英雄复仇是英雄史诗的重要内容，为国捐躯者被生者所纪念，其精神被弘扬，既是对死者的怀念又是对生者的激励，生者将循着死者的英雄之路继续前行。佛家慈悲为怀，悲怜天下众生，然而天母对恶魔也急欲除之，格萨尔更是毫不留情地砍下了恶魔的头颅。黄霍尔王死了，邪恶与丑陋、野蛮与落后被佛教文明所彻底淘汰。天母与格萨尔那种疾恶如仇的态度与"斩立决"的行为起到了很好的示范效果。简言之，《格萨尔》史诗通过一篇篇说唱故事树立了一系列英雄榜样与行为模式，作为一种正面典型供受众学习与效仿。

---

① 王沂暖、华甲译：《格萨尔王传〈贵德分章本〉》，甘肃人民出版社1981年版，第306页。

② 王沂暖、华甲译：《格萨尔王传〈贵德分章本〉》，甘肃人民出版社1981年版，第306页。

第二节 传者、内容与传播效果

传播过程主要由传播者、传播内容、传播媒介、传播技巧与传播对象等环节构成，是一个连续的、有机统一的过程，其中的任何一个环节都会对传播效果产生影响，实际上传播效果就是各种传播因素相互影响、共同作用的结果。

《格萨尔》史诗传承千年仍具有恒久的生命力，这自有其深层次的原因。我们以史诗的传播效果作为切入点，来探讨其传承奥秘自有一番意义。这主要涉及以下几个层面的研究。

首先，作为传播者的艺人对传播效果的影响。艺人自身的可信性与吸引性是影响史诗传播效果的重要因素。艺人的可信性主要指其被受众所信赖的程度，涉及艺人自身说唱水平的专业性及艺人自身素养的可靠性。艺人往往从小就受到史诗说唱的熏陶，最初的时候也是一位普通的受众，然而他们却能够有意识学习、模仿其他艺人说唱。在社区中小有名气时又往往会得到寺院活佛的加持与认可，这既是对其说唱专业水平的认可，也是其被大传统所接受的仪式。标志着艺人进入职业状态时所进行的宗教仪式客观上提高了年轻艺人的社会威望，增强了其在受众群体中的可信赖性。专业化水平的高低与艺人自身的可信赖性是实现完美说唱效果的先决条件，我们称之为《格萨尔》史诗传播的可信性效果。一般来讲，专业水平越高，威望越高，越能够得到宗教人士支持的艺人越受欢迎。

其次，传播内容与传播效果有直接关系，史诗传播的主要目的就是借助内容所蕴含的主题、观点与价值观来影响受众的态度，进而使受众的行为发生改变。《格萨尔》史诗的主题思想是"惩恶扬善、抑强扶弱、爱国统一"，正好契合了藏族老百姓希望社会安定、反抗压迫的心理需求，受传者更乐意接受符合自己审美需求与心理愿望的信息。随着藏族社会历史的发展，原始苯教越来越成为阻碍社会的进步的"绊脚石"。在这种情况下，佛教从印度与汉地分别传入藏族社会，推进了藏族社会的进步与发展。《格萨尔》史诗适应这一社会发展趋势，将自身生存置于佛教发展与社会进步的宏观背景下，弘扬"利乐众生"等大乘佛教思想，鞭挞了野蛮与落后，展现文明与进步的力量。因此《格萨尔》与时俱进的思想主题及价值观是史诗被广泛接受的最主要原因。

第三节 传播技巧与传播效果

传播技巧指的是在说服性传播活动中为有效地达到预期目的而有意识采用的策略方法。《格萨尔》史诗的传播活动主要表现为一种群体娱乐活动，但从其深刻的思想内涵及其所承担的多种社会责任来看，史诗的传播又是一种说服性活动。因此，从史诗的传播技巧着手探讨史诗的社会效果也不失是一条好的途径。史诗的传播技巧涉及两个方面，一是传播内容的传播技巧；二是传播方式的传播技巧。本节将对史诗内容方面的几种主要传播技巧进行系统梳理，使我们能够从微观角度来把握《格萨尔》传播效果的实现情况。

一 "一面提示"与"两面提示"

《格萨尔》史诗中掺杂了佛教与苯教斗争的内容，佛、苯矛盾体现在社会现实中就是两大宗教集团及势力的斗争；在思想领域则表现为宗教思想传播及争夺受众群体的过程。史诗具有鲜明的"抑苯扬佛"倾向，广泛运用了"一面提示"与"两面提示"的办法宣传佛教思想。

对某些存在对立因素的问题进行宣传或说服一般有两种做法——"一面提示"与"两面提示"。"一面提示"是指向说服对象提示自己一方的观点或于己有力的判断材料；"两面提示"是在提示己方观点或有力材料的同时，也以某种方式提示对方的观点或不利于自己的材料。史诗对两种说服办法运用自如，恰到好处地灵活运用从而起到了很好的说服效果。

在传统社会中，只有喇嘛、活佛与贵族等统治阶级才有机会接受教育并能系统学习深邃的宗教理论。广大百姓几乎都不识字，理解能力有限，很难通过正规宗教教育来学习宗教知识。因此，作为俗文学的《格萨尔》史诗更多采用了"一面提示"的办法向普通大众宣扬宗教思想，提高了宗教知识的可利用性。

《格萨尔王传——赛马称王之部》中，珠姆唱道：

阿弥陀佛洞鉴！
在轮回的痛苦大海中，
表面的幻相似有安乐，
实际上苦与乐相互为依，
修安乐优如种庄稼，
成就苦则似庄稼熟，
因此完成事情很艰难，
轮回到头是痛苦，
这话的确有道理，
苦乐就像水波纹，
身体则为峻削谷，
生次过多死亦繁，
天长地久难共处……①

通过珠姆之口，宣扬了佛教的苦乐观与生死观，语言简明扼要，观点十分明确，勿需更多讲解，受众即可接受并表示认可。

除了宣扬宗教思想外，史诗还运用"一面提示"法宣扬社会伦理道德。就连虚伪的晁同也能说出富有哲理的教化性语言来，他曾唱道：

觉如啊请你倾听！
幼年、青年和老年，
是人生长途三装饰，
能勤修正法师徒双方悦，
得究竟正觉三者具欢喜。
首领、大臣和属民，
是由世间福缘来注定，
恩政感人君臣悦，
保民怀德三者大欢喜。

----
① 青海省文联搜集翻译编印：《格萨尔王传——赛马称王之部（内部资料）》，1959年11月，北京，第106页。

父叔、弟兄和子侄，
是村庄声誉的三装饰。
对敌能以计服双方悦，
对亲人慈爱保护三欢喜。
婆婆、儿媳和女儿，
是家庭兴旺的基础，
心口一致双方悦，
长久相安三欢喜。
亲戚、友人和熟人，
是世间快乐三装饰，
相互有利双方悦，
赤心无间三欢喜，
爸爸、叔叔和侄儿，
合则为世之庄严，
共谋良策驯四敌，
安安乐乐伴不离。①

君臣关系、父子关系、亲属关系，用极为明白易懂的语言表述了出来，受众不需要什么高深的文化知识或者需要付出更多的认知努力就可接受。对于文化水平不高的老百姓，"一面提示"的说服办法似乎更有效。

此外，史诗中还间或使用了"两面提示"的说服办法，给敌方以发言机会，使受众自己分辨对与错。这种方法如果使用得恰到好处，就能够充分激发受传者认真仔细思索与探究相关问题的主动性，进而引起受众群体的认知与内化，使传播效果更好。

霍尔国进攻岭国，驻军玛沁奔热神山，霍尔王担心引起山神愤怒，就派司拉托杰将军带队前往拜祭山神，乞求山神保佑。当岭国知道此事后，总管王担心此事对岭国不利，就派出嘉擦与丹玛前往阻拦。嘉擦认为：

---

① 青海省文联搜集翻译编印：《格萨尔王传——赛马称王之部（内部资料）》，1959年11月，北京，第124页。

东方玛沁奔热山，
圣地山神最灵验，
除了嘉擦协鲁我，
谁敢上去瞻金面？
岭国敌人白帐王，
兵侵玛域还不算，
又向神山伸魔爪，
鬼兵到此有何干？……
东方玛沁奔热山，
它是全藏保护神，
也是白岭大山神。
霍尔乌头腾毒雾，
没有理由去接近。①

霍尔司拉托杰将军也不示弱，摆出了自己的理由：

东方的玛沁奔热山，
是南瞻部洲地方神，
也是苯教护法神，
千山为岭国做战神，
后山是霍尔畏尔玛，
霍岭两家应共供奉。
你岭国未曾拿钱买，
也没有卖给霍尔人。
这座古老的大雪山，
是世界天然一庄严，
不能把别人排在外，
而独由一方去霸占。……
东方玛沁奔热山，

---

① 王兴先主编：《格萨尔文库（一）》，甘肃民族出版社2000年版，第165—166页。

北方阿钦地方神，
花花白岭一小邦，
独自拥有怎能行？
霍尔祭供是应当，
白岭阻挡理不公。①

　　岭国不允许霍尔拜祭的理由主要有两点：一是霍尔发动的是侵略战争，借助山神为自己的侵略行为张目显然不合道理；二是玛沁神山既是白岭大山神，也是全藏的保护神，然而作为异族的霍尔国是罪恶与丑陋的化身，无论从道德层面还是民族属性来说，霍尔都不配来拜祭属玛沁山神。但是司拉托杰也给出了两点理由：首先，玛沁山神也是苯教护法神，崇信苯教的霍尔自然可以拜祭；其次，玛沁神山是大家的，谁来祭拜都可以。自从莲花生大师入藏后，运用密法收服了多数藏区苯教神灵与地方神祇以后，许多原有神灵精怪都成为了佛教的护法神，具有了明显的佛教价值观和人文主义色彩，山神也具有了明确的宗教属性。岭国方面将对神山的拜祭权与佛教联系起来，主张山神护佑的是善行，恶人是不配拜祭山神的。霍尔方则强调了神山的共有性，谁也无权单独占有，没有将山神这一文化圣物上升到特定文化价值属性的高度，而是将山神降低为自身行为的"道具"而已，这种认识显然是浅薄的。史诗将双方观点展示给受众，由受众自己分辨其中的是与非，在这个认知过程中，岭方观点显然占了上风，佛教价值观最终得以被受众所内化。
　　此外，对所传信息进行"两面提示"往往是掺杂在故事中进行综合灵活运用。日常生活中，受众复述故事、评议人物的过程实际上就是对"两面提示"的信息进行甄别与辨伪的过程，这样也有利于受众心中佛教思想的确立。
　　"一面提示"与"两面提示"在史诗中各有应用，但以"一面提示"最为常见，虽然有时也会运用到"两面提示"，但这容易增加认知困难，尤其是在佛教初传期及对初次聆听史诗的人来说，"两面提示"的方法并不比"一面提示"更为有效。

---

① 王兴先主编：《格萨尔文库（一）》，甘肃民族出版社2000年版，第167页。

二 "诉诸理性"与"诉诸感情"

《格萨尔》史诗还采用了诉诸理性与感情的办法使受众从深层次上认知与内化信息,主要采用了两种做法:一种是冷静地摆事实、讲道理,运用理性与逻辑的力量来达到说服目的;另一种就是主要通过营造某种气氛或使用感情色彩浓厚的言辞来感染对方,以达到传播效果,也就是"以理服人,以情动人"。

首先,史诗无论采用"理性"还是"感情"方式来表现史诗中的人物,都有利于受众融入故事情节中来,从而增强故事的感染力。史诗中的英雄大凡出场都会以固定的语言程式主动向敌方介绍自己,包括自己的出身、名望、评价、武器与战绩,都会一一娓娓道来。这实际上也是世纪英雄史诗的通用范式。尽管这种分析有很强的虚构成分,然而其出发点却是理性的,英雄希望对方认真考虑、评估自己的战力,决定是战还是和,有时往往会收到不战而屈人之兵的效果。贵德分章本中,格萨尔在擒获辛巴梅乳孜前有一段唱词:

> 辛巴梅乳孜你听着,
> 你这无名小辈休夸嘴。
> 你若不认识我是谁,
> 我就是雄狮大王格萨尔。
> 我是降服敌人来,
> 我是给岭国人报仇来,
> 我是取辛巴梅乳孜首级来。
> 我的神羽箭,
> 百发就百中。
> 看我射着玩,
> 先不要你命。[1]

---

[1] 王沂暖、华甲译:《格萨尔王传(贵德分章本)》,甘肃人民出版社1981年版,第314—315页。

格萨尔唱罢就一箭射去，射得石岩火焰烧天，草原狂风四起，平地尘土飞空。梅乳孜见状，大吃一惊，想道：真是格萨尔大王来了，如和他较量，料也较量不过。如果不较量就认输，丢脸又出丑，往日英明付于流水。最后，梅乳孜想出一折中方案，托珠毛作为中间人向格萨尔大王说说情，再给被自己杀死的嘉擦陪个罪，自己既可留性命也可挽回声誉。果不其然，格萨尔给辛巴梅乳孜做出的预先警告发挥了作用，梅乳孜经过理性分析后主动寻求和解，放弃抵抗，格萨尔也宽恕了他，收为部将。但是，史诗中像梅乳孜这样明智的敌方将领不是很多，多数是明知不敌，还硬是逞强迎战从而丢掉了性命者不在少数。

史诗中有些情节"以情动人"，对受众具有很好的感染力。格萨尔前往魔国救梅萨时，珠姆使尽柔情，一会儿夸自己如何对大王好，一会儿又说自己的女红做得好，就像一个小女人一样声泪俱下劝说格萨尔大王留在岭国或带自己一同前往魔国。然而，大王身负重任，带着珠姆多有不便，便施计将其送回，这时珠姆又像一个可怜的弃妇一般，骂大王的无情无义，整个过程甚是感人。然而，珠姆被格萨尔大王施计送回岭国后，很快又被霍尔王抢走，在异国他乡，被迫与敌酋生子。贵德本中，当格萨尔大王杀掉霍尔王后，珠姆想带走自己与霍尔王的孩子，也是以孩子尚小为理由劝大王动动恻隐之心允许她带走孩子，然而，格萨尔还是理智战胜了感情，担心孩子长大成人后为父报仇，为了以绝后患，大王毫不留情地杀掉了敌人的孩子。实际上，无论是珠姆对丈夫格萨尔王的深情挽留，还是对儿子的疼爱，都属人之常情，故而也更能引起受众的共鸣。理性与感情的对立，能够产生极具震撼的心灵效果。大妃珠姆接连的遭遇强化了这个可怜女人的悲剧意识，连她自己都承认像她这样造孽的女人，什么苦都得受，这使受众更进一步同情珠姆的遭遇，提高了审美情趣。

其次，传统社会中，如何使受众更好地接受佛教思想也是艺人或僧人编创者着重考虑的事情。史诗除了广泛运用明白无误的理性说教以外，也采用了"以情动人"的办法。在上文中提及的关于格萨尔发誓惩罚梅乳孜的情节中，史诗运用了"以情动人"的办法来唤起受众的恻隐之心，这实际上是在弘扬"慈悲为怀"的佛教思想。辛巴梅乳孜杀死了格萨尔的哥哥嘉擦，格萨尔立誓一定要杀掉梅乳孜为哥哥报仇，他说："我和辛巴梅乳孜，好像羊和野心狼，天生不能在一起。好像小鸟和老鹰，不能落在一个枝。杀兄深仇还未报，今天哪能饶过你！"① 仇恨之深由此可见。霍尔百姓前来为梅乳孜求情时说："辛巴梅乳孜，是我们没父亲孩子的父亲，是我们没妈妈孩子的妈妈，请不要杀他吧！我们愿用我们的生命财产，来赎他的罪，请大王开恩！"② 国恨刚雪，家仇未泯，格萨尔不仅没有大肆杀戮霍尔百姓，还听从他们的恳请，从两国长远的战略利益出发，果断赦免了梅乳孜，并封他为霍尔国王，岭国人与霍尔国人民从此相亲相敬，互助往来，文明之光终于照耀霍尔国。格萨尔对梅乳孜的处理，充分体现了他的"大情大义"，这个"情"是对人民的热爱之情，这个"义"是对两国长远修好的美好理想与期盼。格萨尔对梅乳孜的处理本身就是佛家"利乐众生、慈悲为怀"的精神体现，随着史诗的传播，格萨尔的做法会成为一种精神典范与行为榜样影响广大受众，这种方式比单纯的理性说教更能够影响受众的态度与行为。

史诗通过"诉诸理性"与"诉诸感情"，增加了艺术感染力，提高了受众的艺术品位与审美情趣，扩大了受众群体，客观上达到了很好的传播效果。岭国崇信佛教，格萨尔是众多菩萨的转世身，是莲花生大师降尘世，因而对很多事情的处理都能够从理性与情感的角度出发，充分实践了大乘佛教的教义思想，这对受众群体具有很好的教化作用。

三 运用"恐惧诉求"的办法

《格萨尔》传播过程中大量采用了"恐惧诉求"的办法来实现传播效果。"恐惧诉求"也就是采用敲警钟的方式来试图改变受众的心理及行为以期达到传播目的。主要具有两个方面的功效：其一，是通过对客观事象进行利害关系的陈述，引起受众的注意，促成他们对特定内容的接受，这属于认知层面的效果；其二，人们都具有趋利避害的生理本能，敲警钟造成的心理紧张可促使他们迅速采取对应行动产生即时效果，这属于

---

① 王沂暖、华甲译：《格萨尔王传（贵德分章本）》，甘肃人民出版社1981年版，第317页。

② 王沂暖、华甲译：《格萨尔王传（贵德分章本）》，甘肃人民出版社1981年版，第317页。

行为层面的效果。在恐惧的强度与传播效果之间也存在一定的关系，从引起的心理紧张而言，"恐惧诉求"的大小与诉求的强弱顺序基本一致，即"重度"诉求造成的情绪紧张效果越大，"中度"与"轻度"依次次之；从说服的最终目的而言，"轻度诉求"最佳，"中度"与"重度"诉求依次次之。但是究竟何种程度的恐惧诉求传播效果更佳，目前尚无定论，有的学者认为"中度诉求"的效果会更好。

马克思认为宗教是人类恐惧心理的产物，宗教也往往借助恐惧来实现教化目的。宗教色彩浓厚的《格萨尔》史诗，也常以恐惧的形式传播宗教理念，以试图最大限度地引起受众态度与行为的改变。神子脱巴嘎不愧是承担弘扬佛教重要责任的人间英雄，一降生就唱道："地狱寒热苦难忍，饿鬼饥渴难熬煎，旁生愚蠢不自主，非天好斗死刀前。"[①] 佛教文化中，地狱、饿鬼与旁生都是三恶趣之一，非天是一群爱好战斗、与天为敌的一类众生。人在世间作恶太多死后就会沦为三恶趣，会受尽冷热、饥恶与愚昧之苦，史诗利用形象的、可以想象的经验为受众构建了一个"拟态的"信息环境，这种恐吓对文化水平不高的受众具有足够的制约力，比单纯的宗教理论说教效果要好得多。

金冠喇嘛在给崇信苯教的霍尔百姓做灌顶时，唱道：

> 若不知道这地方，
> 这乃是黄土霍尔地，
> 以前黑暗无佛法，
> 以后要变成信佛土。
> 若不认识我是谁，
> 在那上界天国时，
> 我是度众的上师，
> 超度旁生得解脱，
> 为天泰神做上师。
> 学习佛法在天界，
> 教化之地是霍尔。

[①] 王兴先主编：《格萨尔文库（一）》，甘肃民族出版社1996年版，第8页。

上部加赤杀父子，
霍尔辛巴梅乳孜，
除这两个罪人外，
谁也不投下地狱。
罪恶的霍尔这地方，
善法的太阳升起时，
辛巴还罩在黑暗中；
人间的地狱黄霍尔，
变成为清净刹土时，
辛巴还负罪路上走；
罪孽深重的霍尔人，
引向解脱的善道时，
辛巴仍然在走邪路。
众生我教化又教化，
难以教化者是半巴。
古人有句俗话说：
语言当中喊声好，
但是野狼不爱听；
食物当中盐巴好，
但是电壳渗不进；
药物当中诃子好，
但对痛疮无作用；
佛法有利于来世，
但是辛巴听不进。
黄土霍尔大部落，
盛开幸福花朵时，
辛巴享受没缘分。
大臣辛巴命最苦，
我度他也不可能。
霍尔众人目光远，
佛法他们能理解，

而且容易得度化。
辛巴狗眼向下看，
别说来听深奥法，
青天他也看不见。
霍尔众多辛巴中，
梅乳孜的罪不浅。
他在天界违誓言，
他在人间违正见。
上师面前生恼恨，
是为下地狱拴沉石。
霍尔众人有福分，
来求灌顶信仰坚。
你这辛巴没法缘，
因此对我抱邪见。
雪山母狮洁白奶，
除了金桶银桶外，
其他器皿存不住；
精工榨取胡麻油，
除了铁制油桶外，
其他器皿存不住；
内容深奥妙佛法，
除了积德众生外，
罪人耳中进不去。
上界善趣解脱道，
下界恶趣邪恶路，
该向哪条路上引，
决定由我来做出。
佛法传遍人世间，
上部霍尔能信佛，
辛巴不信佛教法，
理应投入地狱去，

来生休想得解脱!
四方嘴巴不收敛,
蚌完全有祸根生。
惹祸坏心不可有,
否则等于买悔恨。
若不尊重大头领,
今生在世受苦痛;
若不敬直大喇嘛,
死后必把地狱进。①

这段唱词中,金冠喇嘛将普通霍尔百姓与愚顽不化的辛巴梅乳孜划分为两类,普通百姓属于那种可以教化之人,由金冠喇嘛指出善趣解脱之路;对于梅乳孜这些听不进佛法之人,他平时不尊重喇嘛,已经构成了邪见之罪,将来只有到阎王跟前报到去,死后必进地狱,受那寒热之苦。除用地狱恐吓梅乳孜以外,金冠喇嘛还不忘再规劝普通百姓一句"其他霍尔人可不要错过对我的信仰啊"。连恐吓带引导,信佛法者就能够解脱,不信佛法者将入地狱,两相对比,效果异常明显。表面来看,金冠喇嘛是在给辛巴梅乳孜敲警钟,实际上是借诗中人物之口给那些不信佛法者以宗教恐吓。

史诗情节中经常出现的因果报应则实实在在地给受众敲响了警钟,这也是史诗惯用的方法。即使是格萨尔大王的妃子阿达拉毛也害怕因果报应的惩罚。在《格萨尔王全传——迎大王勇扎拉纳妃,赴地狱格萨尔救妻》中,阿达拉毛死后到阎王处报到,有一段对话就极具说教性:

说罢,阿达娜姆死了。过了七七四十九天,阿达娜姆的灵魂到了生死沙山山口,被小鬼引到了阎罗王的面前。阎王一见阿达娜姆是个与众不同的女人,对他说:

"我有话要问你,你同别的女人不一般。头上发辫掩盖了上半身,脸上部好像少女,能压伏百个女儿身;脸下部好像青年汉,能

---

① 降边嘉措、吴伟编:《格萨尔王全传》,宝文堂书店1987年版,第267页。

压伏百个男子身；口不净冒着血肉气，手不净恶臭实难闻；上身好似黑鸟翅轮廓，下身笼罩着罪恶的黑影。你是什么地方的亡魂？你叫什么名字？你生时供过多少上师？向穷人放过多少布施？在无主的水上修过多少桥梁？在无主的山上立过多少旗幡？在堕入地狱的今天，有什么谒见我阎王之礼？"

阿达娜姆听阎王一说，心中有些害怕。想自己一生，东征西杀，不断杀伐，这怎么能向阎王说呢？还是编一套话告诉他吧。于是，阿达娜姆对阎王说："我是清净佛土的人，我的名字叫曲措，生时向上师供过骏马备金鞍，供过大象饰彩绢。斗量的松石和珊瑚做布施，修的桥、树的幡多得数也数不清。我是空行母的化身，年轻时做了南赡部洲雄师大王的妃子，因此我应该到极乐世界去，请阎罗王放我。"

阿达娜姆说完，右肩上忽然出现一个白色小孩，向阎罗王敬礼回禀说："有威力的阎罗王，你是能分辨善恶的法王。我是这女人的同来神，她的情况我知道：她是阿达娜姆女英雄，肉食空行的化身，格萨尔大王的妃子，做过无数善事情。因此请你把她向极乐世界接引。"

白色小孩说完，端坐在阿达娜姆的身旁。这时，阿达娜姆的左肩上出现了一个黑色小孩，向阎罗王回禀说："我是与阿达娜姆同来的魔，她的底细我知情：她是九头妖魔的后人，三岁起杀生，杀死过多少鸟雀和畜生，鲜血染红了崖顶；杀死过多少鱼和獭，大海也被血染红。她曾杀过戴金帽的上师，不理会地狱的苦情；曾杀过权势崇高的长官，不理会严厉的惩罚；曾杀过马上的英雄汉，不理会战争的刀兵；曾杀过长发的妇人，不理会乡民说纷纭。这样的女人怎能被超度？阎罗王决不能饶恕她的恶行。"

黑色小孩说完，也在阿达娜姆身旁坐下了。阎罗王一听，心想，听那白色小孩所说，像是真的，可这黑色小孩的话，也不可不信。且不管他们怎么说，还是用我的缘孽镜和阎罗秤来看看，来称称，就知阿达娜姆的言行究竟是怎样的了。

阎罗王的缘孽镜直径九百拃，周长九百九十庹，远看像十五的明月，近看像山峰顶上的太阳。看着它，像是从谷口看风景一般，任何人在世间所做的一切都能在镜中一一再现。看着看着，阿达娜姆的眼泪止不住了，因为她看见了自己的恶行。

牛头鬼手持紫色阎罗秤过来了，那秤杆长十八庹，雷霆生铁水所铸的四方秤砣有大象尸体那么大。阎罗王把阿达娜姆的善业和恶业称了十八次，次次都是恶业重于善业。阿达娜姆又吓得心惊胆颤了。

阎罗王不容阿达娜姆再说什么，就对她说："阿达娜姆因杀生的恶业报应而死，应该在'等活'地狱中待五百年；又曾积下恶心□怒之业，应在阿鼻地狱待九年；又曾悭吝钱财，应在畜生地狱里待九年。"

念罢，九百鬼卒将阿达娜姆拖出阎罗殿，送到"等活"地狱，到格萨尔从嘉地返回岭地的时候，阿达娜姆已经在地狱里待了三年，受了无数不能忍受的痛苦。①

阿达拉毛原来是魔王路赞的妹妹，后来归顺了格萨尔，是史诗中少有的女英雄，她一生征战，作战勇敢，在战场上对格萨尔多有帮助。但她杀人无数，犯下杀生之罪孽。这样一位女中豪杰面对即将进行的宗教审判，即使她心里早就知道自己下场不会太好看，内心也忐忑不安、充满恐惧，史诗借助白、黑两小孩之口对阿达拉毛的一生进行了客观回顾。白、黑两小孩分别是阿达拉毛自身右肩与左肩跳出来的，这更加暗示了阿达拉毛发自内心的极度恐惧。格萨尔王的妃子尚且逃不脱因果报应，更何况说是普通老百姓呢！这种说教效果是显而易见的。

通过对地狱、因果报应等佛教思想进行形象化表述，来达到弘扬佛教的目的，这是《格萨尔》史诗中的惯用方法。这样的恐吓既能给受众以心理警示作用，同时也能够促成崇信佛法的社会舆论，这种舆论一旦形成，便会形成巨大的社会压力，部分异教受传者往往因为担心自己陷入孤立，也会考虑改变自己的宗教态度。由于对地狱及因果报应的形象化描述极具恐怖性，效果极度震撼，文化水平不高的受传者往往出于恐惧而顺从接受史诗的说教。然而，这种极具恐怖性的形象表述并非能够

---

① 降边嘉措、吴伟编：《格萨尔王全传》，宝文堂书店1987年版，第356—358页。

使任何人都为之害怕，我们只能说他对于部分社会成员的震慑效果是显著的。

除去运用敲警钟的方式宣传宗教思想以确立社会价值观以外，史诗还对异教的恶魔进行丑化描述，以同样的方式给受众以恐惧感，以此来揭示魔鬼精怪的邪恶及异教的落后与愚昧，此点与佛教的人文主义形成鲜明对比，受众更易做出选择。史诗中这些魔怪总是以愚蠢的、毫无魅力与内涵可言的异教徒形象出现。史诗中，路赞王是一个"愚昧像是黑暗罩"的龙魔，其形象是："身高体大，就像一座小山。他头上有九个脑袋，九个脑袋上长着十八只犄角，黑色蝎子爬满全身，九条毒蛇缠在腰间，手上和脚上长着三十六个铁爪。他生气时站在乌云毒雾中间，口中吐出的烟雾，就像火山喷发；鼻孔呼出的毒气，犹如暴风狂卷。……因此，不仅胆小的人见了他会心惊胆战，就是胆量大的人看见他，也要惶恐万状。"[①] 对异教徒的"标签化"具有两个方面的意义。首先，人总是对于同类熟悉的事物更容易接受，这些异教人物离奇怪异的形象与人类形象具有很大反差，这种巨大反差给人的认知造成困难，所以从一开始接触这些异教人物就引起了受众的反感；其次，爱美是人的一种天性，无论哪种文化，人都有爱美之心，美的事物总会对人具有吸引力，像路赞王这样的形象必然不会引起受众的好感。丑化魔怪的形象真实目的是为了揭示魔怪内心的邪恶，鞭挞了愚昧与落后。淳朴的受众百姓总喜欢认知、接受那些外在形象与内心善良一体的人物形象。

利用受众的恐惧心理是以善、恶两分为前提的，既可以强化具有人文主义色彩的佛教的正统性与合法性，又可以将愚昧落后的异教逼进"死胡同"，最终目的是为了占有更大的"宣传阵地"，培养更多的受众群体。对魔怪的外形进行标签化是为了使受众群体产生"通感效应"与"扫帚星效应"，试图由外及内地揭示魔怪的邪恶与非正义性。两种方式都是试图在人的可感经验与深奥的佛教思想之间建立某种事实上的基于通感的联系，进而将善恶与宗教的属性进行类型化。

---

① 王兴先主编：《格萨尔文库（一）》，甘肃民族出版社2000年版，第2页。

四 神圣烘托法

《格萨尔》史诗还通过"神圣烘托法"传播佛教思想。"神圣烘托法"的理论依据即是社会心理学上所说的"晕轮效应"。在知觉他人时,人们往往会根据已掌握的少量信息就简单地将对方评价为"好"与"坏",一旦形成其中一种印象,这种印象就会作为一种"先入之见"进而影响到认知者以后对对方的认识与评价。在《格萨尔》史诗中,神圣烘托法主要具有两个方面的意义,一是影响受众对佛教人物的评价,二是深化受众对佛教思想的接受。

作为一种宗教色彩极浓的艺术形式,《格萨尔》强大而独特的吸引力与说服力,当然不仅在于其所包含的奇异神秘的故事,还在于史诗不吝使用大量优美、华丽的语言来烘托佛教人物的神圣性。因此艺人在说唱史诗时,内心极为虔敬,为了表示对佛教的信仰与崇拜,每当说唱史诗时,都会夹杂企盼与哀求,既有诚惶诚恐的心态,亦有神佑功成的喜悦。因而艺人在说唱史诗时,总是竭尽全力地进行称赞,恨不得将世间最美妙、最精彩、最传神的语词用尽,以彰显自己的虔敬。这些极尽华丽优美的语词给受众以美的享受。

每当佛教神灵出场时,史诗会塑造出一些美妙神奇的氛围。贵德本中,尕擦拉毛感神孕时的情景是这样的:"有一天,她正在家里挤牛奶,忽然天空大放光明,有无数天神,歌声咿咿呀呀,非常悦耳动听,但不知是唱些什么,赞美着什么。这种声音,充满了天上地下。尕擦拉毛抬头一看,见一位天神的儿子,身穿锦绣的衣服,佩戴着珠玉的装饰,光辉耀眼,从天空摇摇摆摆,缓缓而下。四处还围绕着许多仙童仙女。等到降落到尕擦拉毛的面前时,尕擦拉毛已经昏迷过去,不省人事了。"[①]格萨尔降生后,莲花生大师为他唱了祈愿吉祥的歌后,天空中众神奏起了仙乐,洒下了缤纷花雨,打起了虹光帐幕。在这种吉祥美妙的环境中,莲花生大师为孩子取名为"世界至圣大宝制敌格萨尔"。格萨尔一生中的许多活动都受到了天母贡曼婕姆的授记,在文库《降姜篇》中,天母给格萨尔降授记时的场景是这样的:"这日午夜时分,岭国姑母贡曼婕姆手

---

① 王沂暖、华甲译:《格萨尔王传(贵德分章本)》,甘肃人民出版社1981年版,第9页。

持长寿宝瓶和彩箭，在十万空行母簇拥下，伴随着阵阵仙乐和缤纷飘落的花雨，从上界天空中逶迤而降，呼唤格萨尔大王道……"①《格萨尔王全传——为救梅萨雄狮出征，眷恋大王珠牡痴迷》中是如此描述天母的出场的："就在格萨尔酣睡之际，天母朗曼噶姆驾着彩云，从三十三天上层、清净的天国里冉冉飘下。芬芳扑鼻的香气顿时充溢四野。格萨尔被这香气所染，睡得更加香甜。"②

史诗中的正面人物出场时常伴以缤纷花雨、扑鼻香气与仙童仙女，这种情景给人一种心旷神怡的感受，使沉迷于兵荒马乱、磅礴史诗战争中的受众在心理上获得片刻小憩。美的事物总会烘托出人内心的美丽与善良，因此，美丽曼妙的情景可使人感知正面人物的内心体验，进而形成自我认知，这类描写有利于受众对佛教人物的言语与行为形成积极性评价。运用神圣烘托法对佛教人物进行正面"包装"，将环境的美与宗教的善建立联系，利于佛教在受众中树立起合法性地位，使佛教的传播效果更佳。

烘托神圣的直接目的往往还出于人的"借力"。史诗通过凸显佛教人物的神圣化来提高佛教思想的正统性与合法性。艺人作为沟通人神的媒介，善于运用不同的叙述角色与神圣性建立联系。"神圣"的目的不在于自己而在于人，"神圣"本身是孤独的，但一旦与人建立起某种联系，它将释放出无比耀眼的光芒，在灿烂的佛光照耀之下，看到的是长跪的人群。史诗中人与神圣建立联系主要有两个向度，一个是神向人的下行向度，另一个就是人向神的上行向度。在下行向度上，通过神的人格化来实现，天母随时来到格萨尔身边参与战斗的谋划就体现了神人的亲近；在上行向度上，通过人的神格化来实现，比如史诗中每位英雄基本都可在现实世界中找到原型，或是神界的祖先或是某位知名佛教人物的转世。格萨尔作为神之子下凡，他既是神的人格化，又是人的神格化，因而具有双向度的意义及双重"神圣性"，这种特殊的身份使受众群体很难区分自己所处的真正信息环境，只能接受史诗的"神圣性"。

在叙事方式上，《格萨尔》史诗运用了不同的叙事角色来展现人与神

---

① 王兴先主编：《格萨尔文库（一）》，甘肃民族出版社 2000 年版，第 661 页。
② 参见降边嘉措、吴伟编《格萨尔王全传》，宝文堂书店 1987 年版。

的亲密关系。当客观地叙述佛教人物的强大力量及对自己的帮助时往往采用第三人称,当赞美神圣人物或暗示人与神的亲密关系时一般采用第二人称。

比如,在格萨尔大战喇嘛时,感觉难以决胜,就祈请战神帮助。史诗是运用第三人称来叙述战神的威力与能耐的:

> 格萨尔大王这样唱完之后,天兵犹如大雪纷飞,半空念兵好像急风暴雨,地下龙兵好像海浪滚滚;战神好比冰雹降落,畏尔玛如狂风席卷,地祇如同火焰燃烧,把四面八方把守起来。①

史诗以第三人称的角度叙述了一个事实,虽然说从表面上看是客观合理,然而这实际也是艺人内心对神力的评价。

当赞美或祈请神灵时,往往用第二人称来拉近与神的关系。文库《降门篇》中,嘎岱在攻城打炮时唱道:

> 红岩飞鹏宫殿里,
> 血海浪滚波浪中,
> 红人穿戴铜盔甲,
> 右手钢刀左肠绳,
> 坐骑红马能追风,
> 你是战神红念达,
> 今日请柬助嘎岱,
> 摧毁这座妖魔城!②

这种人称转换是一种自然流露,向受众暗示了佛教神灵与人之间亲密无间的关系,体现了神对信徒助佑的直接性,这有利于激起受传者对

---

① 达维·妮尔整理:《岭超人格萨尔王传》(内部资料),陈宗祥译,载《西南民族学院民族研究所汇编》,第88页。
② 达维·妮尔整理:《岭超人格萨尔王传》(内部资料),陈宗祥译,载《西南民族学院民族研究所汇编》,第88页。

佛教神灵的认同感。

  格萨尔是史诗中最为重要的亦神亦人的人物，他承佛命，行人事。通过格萨尔王的纽带作用，受众与佛教建立起了直接的神圣关系，拉近了心理距离，后者直接对受众群体形成心理暗示，影响他们的思想与价值判断。而叙述神力或身份时，则交互使用了多种不同人称。如格萨尔如此叙述自己的身份：

    我乃千佛亲弟子，
    大悲观音一化身。
    整个藏土我为王，
    敬我可做守护神，
    供我可做你依怙，
    也是众生之战神，
    保护百姓的救星。①

  史诗也借天母之口格萨尔的身份及能力：

    世界雄狮大王你，
    乃是千佛心爱子，
    三位怙主一化身，
    五部如来智慧子，
    佛教正法一支柱。
    你是黑魔镇压者，
    藏汉两地一财神，
    花花岭国你主宰，
    全宝座上把王称。②

---

  ① 达维·妮尔整理：《岭超人格萨尔王传》（内部资料），陈宗祥译，载《西南民族学院民族研究所汇编》。
  ② 达维·妮尔整理：《岭超人格萨尔王传》（内部资料），陈宗祥译，载《西南民族学院民族研究所汇编》。

格萨尔的双重身份及其中心地位使得史诗中不同身份的讲述者能够从多角度对他进行描述，对他的多人称称颂既是对佛教多角度的赞美，也是对人主体性地位的承认。史诗通过彰显浓厚的人文主义色彩，使受传者更易彻底融入到史诗社会中来。

第四节 传播对象与传播效果

根据传播学的相关理论，即使是同一个传播者用同样的传播方法传播相同的内容，往往也会因为传播对象的不同，出现差异性的传播效果。传播对象自身的属性对传播效果也起着促进与制约作用。

传播对象自身的属性可以分为以下几个方面：一是性别、年龄、文化程度与职业等人口统计学上的属性；二是传播对象所处的人际传播网络；三是群体归属；四是传播对象的人格、性格等特点；五是个人过去的经验和经历。所有这些属性都会作为既有背景或价值倾向影响受众的接受行为，引导着受众对信息的兴趣、感情、态度与看法，进而影响传播对象对传播内容的接受。

一 "意见领袖"

"意见领袖"是指那些活跃在人际传播网络中，经常为他人提供信息、观点或建议并对他人施加个人影响的人物。意见领袖作为传播内容和传播效果的中继与过滤环节，对传播效果会产生重要影响。意见领袖往往活跃在社区中间，他们未必一定是大人物，虽然年龄、资历、威望、地位等都是成为意见领袖的重要条件，但这些都不是最重要的条件，最为关键的是他在某一方面或领域所拥有的话语权。他们与传播对象之间保持一种横向传播关系。在传统社会中，意见领袖往往在多个方面拥有话语权，具有综合性特征。意见领袖在某一领域的威望会对其他领域产生辐射效应，进而借助其广泛的影响力，传播者的传播活动会收到更好的传播效果。

"意见领袖"的概念是在考察大众传播效果时提出的，我们借用这一方法来考察传统社会中《格萨尔》史诗的传播效果问题，想必会另有启发。就目前所见的格学研究资料来看，这一领域的探讨尚有很大空间。

　　《格萨尔》史诗的传播过程中，多数情况是由艺人直接面对受众，意见领袖少有参与。然而在某些情况下，《格萨尔》史诗的传播也呈现一种"二级流动"的态势，部分受众也会演变为意见领袖。意见领袖首先得是受众，但他比普通受众会更早更多地接受到传播内容，此外他还有与之有关的丰富背景知识，因而他更具有发言权。在格萨尔史诗的传播过程中，有两类人扮演了意见领袖的角色，其一是部分寺院僧人，其二是社区中的部分特殊受众。这两类人既可能是《格萨尔》史诗的爱好者，也可能是潜在的史诗歌手。

　　在传统社会，寺院逐渐成为传播《格萨尔》史诗的主要机构，不但积极推动史诗的说唱活动，还承担了收藏、撰写与研究史诗的责任，此外还收集了一些格萨尔文物。[①] 一些宗教界人士在艺人的成长过程中也给予了很大支持，或者在经济上资助他们，或是教授他们藏文，抑或是为艺人加持进而提高艺人的知名度，其中宁玛派高僧大德对艺人支持最多。这些高僧大德一般都拥有高深的宗教修养，对史诗中所蕴含的宗教思想了如指掌。

　　寺院往往由活佛等牵头承担起社区的教育、医疗及救济等关乎民生的社会责任，拥有非常雄厚的群众基础。在传统社会，几乎每个社区都有属于自己的寺院，更大的社区就有更大的寺院，社区成员在这些寺院接受精神洗礼，寺院中的高僧大德对普通百姓拥有很大的影响力。此外，大凡重大节庆日也多由寺院出面组织，因此寺院就成了社区活动及交流信息的中心。由于特殊的历史原因，藏族僧人在社区中普遍具有较高的威信，也就具有更多的话语权。有些艺人在成长为职业艺人的过程中往往需要求得高僧大德的认可与加持，借助宗教界人士来扩大自己的影响，进而增进传播效果。实际上有些贵族及部落头人也酷爱史诗，他们与宗教界人士共同作为意见领袖，对史诗的大力倡导往往会引起民间的极力效仿，从而起到了推波助澜的作用，促进了史诗的传播与发展。西藏昌都寺的上一世的帕巴拉活佛就酷爱《格萨尔》史诗，经常请艺人到家中

[①] 丹曲：《论藏传佛教寺院在传播史诗〈格萨尔〉中的作用》，《西藏研究》2005年第2期。

说唱。而这些艺人一旦走出贵族官邸，走入普通百姓中，就往往会拿自己曾经被邀到某位"官人家"说唱的历史来作为证明自己说唱水平及业界声誉的重要依据。

此外，在《格萨尔》的传播过程中，对史诗较为熟悉的部分特殊受众也会成为意见领袖。20世纪50年代青海省文联民间文学研究会的徐国琼先生到和日草原进行田野调查收集《格萨尔》的相关资料时，在和日区政府遭遇叛匪袭击，在作战间隙他与民兵战士交流起《格萨尔》时，有如下的田野记录：

> 一天清晨，我们接受了任务：到附近一个铅锌矿去抓捕图谋叛乱的坏分子。我们全副武装出骑时，我也把《格萨尔》抄本随身拓哉所骑的马背上，唯恐抄本留在驻地被散失，……张区长见我把几本抄本驮在马背上，便显出生气的容颜，以训话的口气对我说："老徐，这是生死关头，你把几本破藏经看作宝贝，马背上驮来驮去，成何体统？出什么洋相？消灭敌人靠子弹，你带的这些破烂顶什么用？佛经还能保佑我们吗？"值此时刻，我只能做简单的回答："这不是佛经，是有名的史诗！"他哪能相信呢？
>
> 后来，有一次几位藏族民兵和我共同在碉堡里值夜班站岗，我提到格萨尔大王的名字，他们马上兴奋起来，并自豪地问："你咋知道我们藏族有个格萨尔大王？你知道他是个什么人吗？"我回答说："他是位战斗英雄！"民兵们听后都齐声喝彩："沙格！沙格！"民兵们知道我随身带的是《格萨尔》抄本后，他们一见这些抄本就向我翘起大拇指，示意说："这是好书。"有位民兵小时曾在寺院里当过喇嘛，认识藏文，他知道我有《格萨尔》抄本以后吧，时时总是缠着我，说死说活，总是要借抄本去看。……后来他终于把那本《霍岭大战》下部小抄本抢了去看。……想不到他看着看着，独自一人就情不自禁地唱了起来。"嗒啦，嗒啦"的歌声一飞出帐房，民兵们就像抢什么宝贝一样，争先恐后齐拥而进，团团围住这位民兵静听，久久不肯散去。……唱到岭军胜利时，民兵们不时发出阵阵喝彩。……由于帐房里发出阵阵呼呼声，吓得匪徒们不敢逼近。……

民兵们通宵达旦，歌声不绝，到底在唱些什么？这，张区长、李秘书以及武装干事，他们自然是要追问的，这我已经预料到。

民兵们高歌到黎明的第一个早晨，张区长在集合大家讲话时便问民兵队长："你们一夜在唱些什么？这是生死关头，可不能麻痹啊！"民兵们回答："唱《格萨尔》仲艺！"张区长好奇地问："《格萨尔》仲艺是什么？"歌唱者默默拿出皮袄里揣的小抄本，双眼不住向我看，然后显出得意的神情回答张区长说："请阿吾老徐给讲一讲，他就是专门来找《格萨尔》仲艺的。"人们这时都把目光投向了我。张区长也说："老徐同志给讲一讲吧！不要唱那些封建迷信，鬼鬼神神的事。也不要唱那些哥哥妹妹，丧失斗志的东西。"这时，我只好简单介绍道："《格萨尔》仲艺，是叙述格萨尔和敌人战斗的故事。格萨尔是一位统领百万大军，为保卫祖国，保卫家乡，一生南征北战，消灭敌人的军事首领。是古代藏族人民爱戴的一位英雄，是一位常胜将军，任何凶恶的敌人都败在他的手下。他的同父异母长兄贾察，是一位汉族的外甥，是一位赫赫有名的大英雄，是汉藏两个民族血统融合而成的奔巴家的好男儿……"当我刚讲到汉藏两个民族血统融合而成的贾察这位好男儿时，民兵们不约而同地齐声鼓起掌来。掌声打断了我的介绍。张区长和其他在场的汉族干部们听后，人人感到惊奇。张区长这才一笑说："嘀，还有这样的故事！"我这时接着说："前几天你叫我赶快丢掉的那几本'藏经'，里边写的尽是这种故事——包围祖国的战争故事。"在旁的李秘书……知道前几天我随时带在身边的那几本"藏经"就是《格萨尔》时，忙问："你那几本书呢？"高歌达旦的那位民兵，立即从怀里掏出小抄本高高举起说："书在这里！"顿时满场欢腾，个个口称："格萨尔！格萨尔！"

当晚，张区长又要求给他再介绍了一些有关《格萨尔》的情况。他听后，不但记住了格萨尔、贾察、旦玛等英雄人物的名字，还记住了那个胆小如鼠、暗中通敌的内奸晁同的名字。第二天在集合点名即将出发执行任务时，张区长号召民兵们："希望大家人人争当格萨尔，为国立功；千万不能当阿库晁同，做民族的罪人！"几句话，说得大家连连鼓掌欢呼。

啊！格萨尔，竟然也加入了我们危急时刻的战斗！这时，我心里感到有一种莫大的安慰。[①]

在这个田野调查的个案中，徐国琼先生是专业的格萨尔研究者，从技术层面来讲，极容易得到受众的信任，这是他成为一位意见领袖的先决条件。徐先生与民兵共同战斗，与普通战士不是上下级的关系，彼此熟悉与信任，极易得到普通战士的信任，他与受众之间据此建立了有效的横向传播关系。然而他又不同于一般的战士，他是一位走到哪就把《格萨尔》"抄本"驮到哪的"公家人"，他的与众不同使他有机会从一般受众中脱颖而出，成为一些小团体中具有较大话语权的"意见领袖"。

在这个群体中，徐国琼先生未必在任何方面都是意见领袖，然而就这个小群体中的《格萨尔》传播来讲，他确实是不折不扣的意见领袖，拥有比别人更多的话语权。条件一旦成熟，意见领袖在传播活动中的重要作用就会凸显出来，他传播史诗的活动极易在群体中引起共鸣，形成浓厚的传播氛围，进而影响到整个群体。最初，张区长对徐先生大加指责反而恰恰扩大了《格萨尔》在这个小群体中的知名度。因为这个小群体中多为藏族战士，他们对《格萨尔》有深厚的感情，从张区长的指责中他们获悉老徐同志原来是为搜集《格萨尔》而来，这立即引起了一位曾当过喇嘛的藏族民兵的兴趣，后来他便两次三番地向徐先生提出借阅《格萨尔》一看。徐先生起初不借给他，这恰恰刺激了他的说唱欲望。后来终当如愿以偿时，这位艺人民兵就"嗒啦，嗒啦"地唱了起来。在这个小群体中，史诗的传播最初是由徐先生引起的，他担当了意见领袖的角色。对于具有一定文化背景的普通受众来说，意见领袖的鼓动会促成传播活动轻而易举地开展。

对于张区长这位以贯彻国家意志为己任的、代表大传统的受众来说，问题则要复杂得多，意见领袖需要为此付出更多的努力才能促成传播的顺利进行。最初，张区长是一位久经锻炼的革命干部，基于无神论的思想前提，他表现出了对宗教的不屑，指责老徐所带的"佛经"根本不能

[①] 徐国琼：《〈格萨尔〉考察纪实》，云南人民出版社1993年版，第124—129页。

保佑他们,反而净添麻烦。在这种情况下,大、小传统的对峙产生了,代表小传统的老徐选择了敷衍。几天来,民兵们私下的彻夜说唱既消遣了时光,又吓跑了偷袭的土匪,悠哉乐哉,一举两得。但民兵的私下说唱最终还是引起了张区长的干预式关注。由于老徐的专业性,众人便推荐其向张区长介绍史诗,意见领袖也想试图借此调和大、小传统之间的关系。但是他深知一般的调和肯定是不行的,因为张区长认为《格萨尔》是充斥了"哥哥妹妹,丧失斗志的东西"。老徐也是大传统中的人,他便从大传统的视角,试图拉近史诗与主流文化的距离,有意识强调《格萨尔》史诗"保卫祖国,保卫家乡"与汉、藏民族团结的主题内涵,主动回避史诗的宗教问题,这使张区长听闻后大为惊讶:"嘀,还有这样的故事!"他从最初的不屑,到后来主动要求老徐给他介绍史诗的情况,再到最后主动号召民兵人人争当格萨尔,为国立功,态度转变可谓之大。因此,在那种历史条件下,史诗的传播实际是信息由小传统向大传统的流动,传播难度相对而言更大,意见领袖所起的作用更为重要。

在本个案中,徐先生作为意见领袖率先发起了《格萨尔》的传播活动,在此期间,最大的阻碍就是来自大传统主流意识形态的排斥。然而由于属于小传统的《格萨尔》具有深厚的群众基础,只要意见领袖能够在两者之间寻得并建立起价值共通点,即将"夭亡"的传播活动就可以消除看似紧张的冲突,从而顺利进行,这个过程是对意见领袖智慧的考验。

二 受众的群体归属

群体成员的接受活动有时并非完全出于本意,周边人文环境的影响也至关重要。考察群体对于受众的影响,可以从两个方面进行,一是作为现实社会关系网络中的群体归属感;二是作为藏民精神依托点的群体归属感。

群体归属感对于受众的接受活动及传播效果有很大影响。群体中的意见领袖对受众的接受活动能够施加有意识的定向影响,而群体中由多数成员形成的共同意见或舆论对个人的接受行为也有重要影响。意见领袖的作用不仅体现在向受众有意识传播某种信息,在某种情况下,还有可能激发某种舆论或群体意见,借此来约束或促成受众的接受,群体归属意识强的人更愿意主动接受群体舆论的约束，而群体归属意识弱的人则对于群体舆论与公共意见不会顾忌太多。对群体归属感的影响主要来源于个体外部的群体舆论环境，群体归属意识的强弱对于接受活动的影响主要取决于群体成员个体在接受到"反规范"的外来信息时所进行的抵制行为的强弱。

在徐国琼先生的田野调查中，徐先生与张区长他们一起抗击叛匪，在临时结成的这个小群体中，张区长作为最高领导者掌控了这个临时小群体的意识形态，他的思想在一定程度上代表了国家主流意志，对于封建迷信及儿女情长等东西很是反感，当他对徐先生的"佛经"表现出不屑时，作为意见领袖的徐先生也很无奈。张区长的态度也影响到了其他人，几位汉族干部听到张区长命徐先生把抄本丢掉的话后，在伙房门外纷纷议论他，有的同志还说："老徐过去可能是个阿卡。"有的说："是个书呆子吧！"张区长的态度成为临时小群体的主流意见，其他一些同志为自身考虑纷纷附和，这就形成了一种不利于老徐的舆论环境，这对老徐形成了相当大的舆论与政治压力。在由汉族同志组成的群体中，老徐明显是少数派。然而在由藏族民兵组成的群体中，由于共有的文化传统的影响，藏族民兵艺人一说唱就很快吸引了其他藏族同胞，在这个相对更小的群体中，人们不再受到群体内舆论的压力，老徐反而成为绝对的主流派。但总体来说，在这个由汉、藏同胞共同组成的更大一级的临时群体中，老徐他们却属于少数派，因而他们的说唱只能属于半地下状态。

当张区长发现这种半地下状态的说唱活动后，马上禁止此类活动继续。此后，私下的说唱活动不得不走向前台，老徐则承担起了沟通大、小传统的责任，而且老徐的汉族身份、专业知识及主动向主流意识靠拢的策略，都能够使老徐的沟通活动更为有效。群体中的非主流思想逐渐被主流意识形态所接受，并很巧妙地成为群体的主流意见，原来固执的张区长也最终成为史诗的坚定支持者，由于受到主流意识形态的支持，普通藏族民兵也不必再私下偷偷摸摸聆听史诗了，史诗的传播终于光明正大地走向前台，"在关键时刻，格萨尔也参加了战斗"。

这个个案中，在这个临时组成的群体中，实际上可以分为两部分人。一部分是像张区长这样经过革命锻炼的、持有主流意识的人，他们对于老徐的"反规范"行为持有敌意，表现出强烈的抵制行为，起初不仅没有接受《格萨尔》还对其进行了严厉批判。另一部分人就是这些藏族民兵，他们刚刚参加革命工作，并没有接受全面系统的革命教育，相对而言，本土文化对他们有更深的影响，他们自小聆听艺人们的说唱，与《格萨尔》有割不断的感情，对于整个群体来讲，他们在政治上表现了很强的群体认同，但是在文化方面的群体意识则较弱，因而他们对于"反规范"的传播抵抗能力较弱，很容易就接受了史诗。这个个案给我们两点启示，一是群体成员的归属是有层次之分的，但各层次之间具有交叉性，在某些方面，成员认同同一群体，但在另外一些方面，群体内部成员意见又不一致，因此我们不能笼统表述为谁更具有群体意识，只能说谁在哪些方面更认同群体。二是研究群体归属对于传播效果的影响，不应只热衷于关注群体归属感强弱对于受众"反规范"的抵抗能力的考察，而要着眼于在群体中具有不同层次归属感的成员，并帮助他们建立联系，并试图沟通两者，消解对"反规范"的抵抗力。

此外，作为个人精神依托点的群体长期以来所形成的观念、价值、行为准则，作为一种既有"文化背景"影响着个体的认知与行为。经过个体的长期内化，个体精神思想也具有了群体性特征，此处精神层面的影响称之为群体规范的影响，这是一种源于个体内部的影响。

群体规范对受众的影响主要表现在群体价值观对接受行为的自我约束。《格萨尔》史诗是一部俗文学作品，反映了百姓生活的方方面面，具有浓厚的乡土气息，因而有些内容与主流的大传统文化存在冲突，这是不可避免的。大凡战争就会导致生灵涂炭，史诗中有许多血腥的杀戮行为及死亡场面的描写。同时，史诗中也存在着一些儿女情长的缠绵故事，这些与藏传佛教，尤其是格鲁派的教义思想存在较大差异。因而，有些格鲁派寺院里就不允许说唱《格萨尔》，僧人一旦违反，就会受到寺院的严厉处罚。但这并不能抑制个别僧人对格萨尔史诗的狂热兴趣，每逢社区的重大节庆日，有些僧人便偷偷溜出寺院聆听《格萨尔》，还有的借探家的时机聆听艺人的说唱。虽然寺院的规章制度对僧人的接受活动没有很大的制约，可是僧人一旦回到寺院仍会自觉遵守寺院的规定或约定俗成的制度，可见绝大多数僧人能够自觉遵守寺院的相关规定。

在那些寻机出去聆听《格萨尔》的僧人与认真遵守寺院规定的僧人之间，我们很难根据参加史诗说唱活动频繁程度来判定哪一个群体更具有群体归属感。因为《格萨尔》史诗的说唱活动已经成为民间活动的一部分，成为社区居民生活的重要内容，已经成为一种自发形成的民间或民俗文化活动。即使那些聆听过史诗说唱的僧人参加的也只是一个民间活动而已，他们的参与并不一定代表认同史诗的思想内容。而对于一些严谨的高僧大德来说，他们不公开参加史诗的说唱活动，也未必就表明他们不爱好《格萨尔》，有些活佛家中也供有《格萨尔》史诗的抄本就可以佐证这一点。我们不能简单地从其表面行为来推论其态度，两种受众群体尽管表面上表现了不同的爱好倾向，但他们却具有基本相同的接受态度，更不能由此推论他们的群体归属意识存在差异。

实际上，群体归属与群体规范尽管对受众的影响具有不同的向度，然而在多数情况下两种影响又会合流。属于内在制约因素的群体规范在有些情况下会演变为一种舆论意见，后者再从外部制约作为群体成员的接受活动。群体中有些主流意见正是源于群体成员的共有价值观与行为规范；还有些主流意见经过长期发展会演变为整个社区的价值观或行为规范，又从内部来影响受众的接受行为。因此，更多情况下，群体归属与群体规范共同影响着受众的接受行为。

第五节　受众个性与传播效果

每个受传者都有自己的个性特征，有的人容易接受他人的意见或建议，有的人则固执己见，对传播内容漠不关心。《格萨尔》的传播过程中，受传者的个性对于传播效果影响甚大。在《格萨尔》的传播效果研究中，笔者把受众"容易"或"难以"接受史诗传播的倾向称之为受传者的"可说服性"。根据日本传播学家饱户弘曾经对"可说服性"的研究，[①] 笔者将《格萨尔》受众的可说服性分为三种影响类型：一是对《格萨尔》接受的心理倾向；二是对史诗的传播方式与传播地点环境的选

---

① 日本传播学家饱户弘曾经对"可说服性"进行研究，他将"可说服性"分为三类：一是与特定主题相关的可说服性；二是特定议论或诉求形式相关的可说服性；三是一般可说服性，与主题或说服形式无直接关系，受个人性格和个性所规定的/对他人意见容易接受或排斥的倾向。转引自吴文虎主编：《传播学概论》，武汉大学出版社2000年版，第265页。

择性偏好；三是受传者性格与个性对自身接受活动的影响，这其中包括受传者的自信心、个人求知欲、性格和习惯等。

一　心理倾向与传播效果

《格萨尔》史诗发展至今，已经不再仅仅是一部简单的文学作品，而是一个复杂的文化现象整合体，缘于此，笔者在以往的研究中提出过"史诗体"的概念。受传者基于自身的个性差异会对相同的传播内容与主题有不同的接受偏爱。

《格萨尔》史诗内容与主题的宗教属性并非是受众乐于接受的唯一因素。对于绝大多数的普通百姓来说，几乎不分教派，都对史诗表现了浓厚的兴趣。从百姓的视角来看，史诗为他们的现实生活提供了娱乐及精神支持，普通百姓是史诗受众群体中最为活跃的主体部分，是史诗得以发展的根基。职业宗教人士与百姓对史诗的兴趣点则有较大不同，前者更乐于从道德层面及教派属性来审视史诗，宗教目的性极强，接受活动较为"矜持"。贵族、官员则更乐于从社会地位与经济地位的角度看待《格萨尔》，说唱艺人在他们的眼中就是"疯子"，史诗说只不过就是一场"喧嚣"而已,，但他们中还有些人有时往往也会出于兴趣在家中听艺人说唱，接受活动体现了较强的阶级内差异。同样是贵族与官员，不同个体在接受态度上却表现了较大的差异性，这主要就是官员、贵族的个性差异使然。不同的受众群体表现出了不同的接受倾向，除去社会与宗教的影响以外，受众群体的个性差异也是重要原因。

二　个体的选择性偏好

不同受众群体对史诗的传播方式与地点也有选择性，这反映了受众群体在文化水平、社会地位及宗教信仰等方面的差别。普通百姓由于文化水平较低，因此更乐于通过说唱这种最为直接也最为方便的人际传播形式来接受史诗，面对面的人际传播更加生动、更为灵活，传播效果更佳。史诗说唱是一个颇为复杂的过程，艺人经过降神、沉迷及说唱等一系列环节来准备史诗说唱，而且在说唱过程中，有些艺人边歌边舞，曲调悠扬，动作逼真，情节动人，给人以身临其境的感觉，这种传播方式传递的信息非常丰富，受众不需要付出太多的认知努力就可接受传递的内容，是一种传统的典型"热传播"形式，普通受众自然更热衷于此。

宁玛派僧人可以在家修行，可以结婚生子，与世俗之人有着基本一致的生活方式，但是同时他们还具有较好的文化水平与宗教素养，他们不一定非得依赖"热传播"的方式。他们既是传播者又是受传者，并且在两者之间来回转换角色。在接受其他文本的过程中，僧人更多地掺入了自己的理解，甚至按照既有的宗教话语体系对史诗进行重新诠释。

对于有些教派的宗教人士来说，由于教派思想、寺院传统及宗教地位的原因，他们一般不会直接参与史诗的编创，但这并不能将他们完全排斥在《格萨尔》受众群体之外。他们中有些人还是会采取收藏史诗抄本或者是与艺人建立某种联系的方式，从而成为史诗的间接接受者。有些僧人甚至就出身于艺人家庭，这使得他们自小就有更多机会成为史诗的普通受传者。

有些世俗贵族与官员对于《格萨尔》有着与百姓同样的热情，尽管他们社会地位与经济地位与百姓有着天壤之别，但两者皆为俗人，有着相同的世俗生活体验，故而表现出了基本一致的接受态度。他们与宗教上层人士尽管同属于统治阶级，既是政治盟友，又具有相同的阶级利益，但他们却有着完全不同的生活体验，因而对史诗的接受态度也不尽一致。这些人具有足够的经济条件来养活一个艺人，使其在一段时间内或长期为自己说唱，而说唱地点一般会在自己家中或者是同为贵族的朋友家中。贵族可以凭借自己特殊的社会经济地位长期垄断一位艺人，但是《格萨尔》史诗的受众却是整个藏民族，这一点是任何人或任何阶级都垄断不了的。

三 个体特质与接受活动

以贾尼斯提出的"自信心假说"[①] 来分析受众个性与接受效果之间的

---

① 贾尼斯曾经从临床角度来研究受传者的自信心与可说服性之间的关系。他将受传者的自信心分为社会不安全感、委曲求全性向与感情抑郁程度三个指标。研究结果表明对人际关系以及社会处境抱有较强不安全感的人，做事委曲求全、尽可能避免与他人发生冲突的人，以及情绪基调以忧伤、压抑为主的人，普遍表现出较高的可说服性。相反，那些社会不安全感、委曲求全性向以及感情抑郁程度较低的人，其可说服性普遍较低。根据这个结果，贾尼斯认为在自信心的强弱和可说服性的高低之间存在着密切的相关性，即自信心越强，可说服性越低；自信心越弱，可说服性越高。这一结论被称为"自信心假说"。参考吴文虎《传播学概论》，武汉大学出版社2000年版，第265页。

关系也极具启发意义。贾尼斯认为在自信心的强弱和受众的可说服性的高低之间存在着密切的相关性，即自信心越强，可说服性越低；自信心越弱，可说服性越高。

藏民族长期生活在自然条件极其恶劣的雪域高原，严酷的自然给生存带来的巨大压力可想而知。藏民族自从吐蕃亡国以后，长期陷入割据混战状态，民不聊生。普通百姓面临自然与社会的双重压迫，没有丝毫安全感可言，在这种情况下，处于社会底层的普通百姓既无信心也无能力去改变这种"双重压迫"，只能对自然与社会委曲求全，尽量与自然和社会建立起和谐的关系以避免相互间的冲突。而佛教的出现恰恰填补了普通百姓的这一心理空间，帮助后者实现了与自然和社会建立和谐关系的目的。普通受众对于改造自然与社会缺乏必要的自信心，这就为佛教留出了足够的发展空间。在这种情况下，自信心较弱的普通受传者更容易接受《格萨尔》史诗。

通过对《格萨尔》传播主体的个性与传播效果之间关系的考察，至少有以下两点启发。首先，任何一个民族在早期历史上都有产生民族史诗的条件，但是由于不同的社会发展进程，只在一部分民族中产生了史诗。表面来看，史诗的形成与民族的自信心并无太大关系，然而从《格萨尔》的传播情况来看，一部英雄史诗能否长期流传却与核心传播主体的自信心有着一定的关系。当一个民族拥有了改造自然与社会的充分自信以后，对特定主题的传播内容与传播形式都不会太在意，建构传播内容与形式的多元性也会成为必然。在这种背景下，史诗这类传统的说唱文化也会逐渐失语，有的表现为"文本固化"，有的则彻底退出历史舞台。因此如果只从社会历史进程的特殊性来探寻史诗的发展与形态问题，有失偏颇。

历史上，有的民族早期也产生过著名史诗，然而随着社会发展水平的进步，改造自然能力的提高，他们的生存环境相对舒适，或天生就乐于冒险，使其具有了较强的民族自信，不再需要神圣的英雄来提升民族精神，这些民族往往也就不再热衷于传播或接受英雄主题的民间史诗，史诗也会很快固化或演变为历史的一部分。《荷马史诗》的发展轨迹即可成为旁证。

其次，在共时状态下，《格萨尔》的传播是一种由底层向上层传播、小传统影响大传统的过程。相较于普通大众，官僚贵族主导社会政治文化，而他们具有更好的适应社会与自然环境的能力，具有更强的自信，因此一般的传播内容或主题对这一受众群体具有较低的可传播性。最初，贵族官僚对《格萨尔》史诗也持"冷眼旁观"的态度，直到后者与民俗和宗教纠葛在一起，与他们自身的利益产生交集后，才引起他们的注意。

此外，受传者个体的信息行为也影响到史诗的接受。信息行为指的是个人寻求、接触和处理新信息的各种行为，它受制于个体的求知欲、性格和习惯。不同个体的信息行为特点对传播效果有着直接或间接的影响。

同样作为普通受传者，艺人最初与其他受传者具有相同的接受行为，然而却有着不同的信息行为。多数艺人能够从众多的普通受众群体中脱颖而出，主要还是取决于他们有着不一样的信息行为。有些艺人在回忆自己的成长经历时，都会提到自己比其他人更喜爱史诗，多数艺人从小就耳闻目濡，甚至会特地拜师学艺，表现了很强的求知欲望。这使得这些作为普通受传者的早期艺人能够掌握比一般受传者更为丰富的史诗内容。在传统社会中，这些民间口头艺术受传者只要有兴趣极容易"摇身一变"就成为传播者。而作为史诗的普通受众群体，其接受活动具有偶然性与被动性，自己很难掌控史诗的传播活动，这些后来的艺人如果仅有兴趣而没有超乎寻常的求知欲望，就不会再主动寻求学习与说唱的机会，长久以后就只能"泯然众人矣"，充其量只能算是一位普通的受传者而已。普通受众群体产生的分化，实际上主要是由受传者个体的求知欲望造成的。

本章小结

史诗的传播效果具有两个层面的意义，一是史诗传播导致的受传者认知、态度及行为的改变，二是对社会政治、宗教与文化产生的宏观影响。史诗的传播效果还涉及两个主体，一是职业说唱艺人，他们主要关注说唱活动自身的接受情况，主要通过语言、道具及表演水平来实现；二是执行宗教传播任务的僧侣，他们为了达到弘扬佛教的目的，在编撰史诗的过程中，在史诗的内容上运用了一些特殊技巧来实现宗教传播目的。史诗的传播对受传者在认知、态度与行为三个层面分别造成了不同的影响。作为史诗传播的艺人不可能随心所欲地去左右或支配受众，但这并不是说艺人丝毫没有掌控传播过程、控制传播效果的能力。通过研究表明，《格萨尔》史诗传播效果的形成是多种因素交互作用的结果，他们可以采用适当的传播技巧来增强传播效果，因而艺人对史诗传播的即时效果具有主导性，然而对于史诗的社会传播效果来说，担负宗教传播责任的僧人能够起到更大的作用。

  传播者、传播内容、传播媒介、传播技巧与传播对象都可以对传播效果造成影响，传播效果并不是以上某一个因素独立造成的。实际上，传播效果的实现是以上各种因素共同作用的力学结果。

  艺人自身的可信性、喜爱性与吸引性是影响史诗传播效果的重要因素。史诗的多层次主题正好契合了藏族老百姓希望社会安定、反抗压迫的心理需求。史诗为了实现好的传播效果，运用了多种传播技巧，诸如，一面提示法、两面提示法、恐惧诉求法及神圣烘托法等。传播者需要充分考虑传统藏族社会中受众群体的分布情况，运用得当技巧，从而有助于实现更好的传播效果。本章同时从微观角度探讨了不同技巧的运用机制及发生学原理。受传者自身的个性特征，诸如安全感、求知欲、性格和习惯也会对传播效果造成影响。

第 六 章

多维理论视域下的
《格萨尔》史诗传播效果研究

藏族传统社会是一个信息低量的社会,再加上地广人稀,人口流动较少,信息沟通缺乏路径。《格萨尔》史诗自形成期开始,就开始积极参与社会文化生活的构建,为信息沟通与传播搭建了很好的文化舞台。借助《格萨尔》史诗,各种社会信息的传播变得极为通畅顺利,对受众群体产生了很大影响。那么,《格萨尔》史诗对个人和社会究竟具有什么样的影响和效果?这些影响与效果又是通过什么机制发生的?借助现代传播理论对此进行研究,相信会有很好的学术启发。

第一节 "议程设置论"的视角

"议程设置理论"是美国传播学家麦库姆斯与肖提出的一种理论假设。它暗示了这样一种媒介观——即传播媒介是从事"环境再构成作业"的机构,也就是说,媒介不是对客观事物的客观反映,而是传播者对传播内容进行的一种目的明确的选择活动,传播者会根据自己的价值观及传播目的对客观事物进行整理加工,并在内容传播的重要性上赋予一定的结构秩序,然后又以"客观"的形式出现。传播者对"议程"的操作,影响到了受传者的认知、态度与行动,这种影响不仅活跃在现代社会的大众传媒活动中,在传统社会中也发挥着显而易见的作用。

《格萨尔》史诗的发展实际就是一个被操作、被设计的过程。最初,宁玛派僧人按照本教派思想价值观直接参与撰写史诗,人为地将宗教思想置入《格萨尔》，使后者成为传播宗教的工具。这就是对史诗进行的议程设置，在史诗中将佛教与苯教价值观按照重要性进行结构排序，其最终结果就是在受众群体周围形成了一个以藏传佛教思想为核心的拟态的"信息环境"，并以此来达到影响传播者态度与行为的目的。

但是，我们也不能过分强调媒介在《格萨尔》史诗传播过程中"议程设置"的功能。实际上一些起源于民间并引起广泛关注的民俗文化事象也会登上史诗的"议程"，比如赛马会等民间狂欢仪式和各种具有民族特色的节日活动。这些民间文化现象之所以成为"议程"，主要还是传播者出于对史诗综合传播效果的全方位考量。这样的"议程"是表象的，而真正的"议程"是宗教的，隐藏于表象"议程"之后。《格萨尔》的议程设置实际上是由大传统与小传统共同构建而成的。

第二节　"沉默的螺旋"理论的视角

"沉默的螺旋"理论[①]最早由诺依曼提出，将此理论引入《格萨尔》的研究领域可以深化对其传播效果的探讨。

在传统社会，人们判断周围的意见环境主要通过两个渠道，一是长期稳定的社区成员，二是来来往往的外部人员。这两类人都可以为整个社区提供信息，相对而言，前者提供的意见环境具有稳定性与持久性，而后者提供的意见环境具有波动性与暂时性，又恰恰是容易引起意见环境变化的原因。传统社会之所以很少发生变化，与社区输入外部信息过少有很大关系。在传统的藏族社会，游走高原各地的《格萨尔》艺人是社区输入外部信息的重要提供者。第一，当外部输入的信息与社区既有信息相一致时，变化就不容易产生；只有两者存在较大差异时，社区成员才会对外部信息表现出敏感性，意见环境的改变才有可能产生，或者说是必然会发生的。在史诗的早期传播阶段，史诗中的佛教思想就在一

---

① "沉默的螺旋"假说理论由三个命题组成，一是个人意见的表明是一个社会心理过程；二是意见的表明和"沉默"的扩散是一个螺旋式的社会传播过程；三是大众传播通过营造"意见环境"来影响和制约舆论。参考吴文虎《传播学概论》，武汉大学出版社2000年版，第278页。

些地区和原有社区的苯教文化产生冲突,当佛教文化已成为社区的主流意见环境时,社区意见环境就与艺人的输入信息具有一致性,进而产生"共鸣效应",从而强化了史诗弘扬佛教的效果。第二,艺人具有较强的流动性,因此同一社区的受众群体往往会有很多聆听史诗的机会,同一传播内容具有时间上的持续性与重复性,从而对同一意见环境会产生"累积效应"。第三,史诗随着艺人的旅程也传遍各地,使得传播者的信息产生"遍在性效果"。这个理论强调了信源及艺人对史诗传播效果的主导作用,将受众的选择性置之一边。

依据诺依曼的理论假说,我们可以考察史诗介入社区后意见环境的变化状况。第一,社区舆论的形成是社区人际传播、以《格萨尔》史诗为代表的外来信息传播以及人们对"意见环境的"认知心理三者共同作用的结果。第二,《格萨尔》史诗提示的意见具有公开性和广泛性,这样就容易被当作多数的或占据优势的意见所认知。第三,这种重构的意见环境所带来的压力或安全感会引起社区人际传播接触中"劣势意见"的逐渐沉默,而"优势意见"则极具扩张的发展态势,从而导致社区中占压倒优势的"多数意见"——舆论的产生。这里的劣势意见指的就是苯教文化,而优势意见则指佛教文化及思想,舆论当然是指有利于佛教传播的社区意见倾向。对于某些社区来说,史诗提示的意见环境未必就是其社会上意见分布状况的真实反映,但是一般社区成员实在是没有条件也没有必要去甄别这种意见环境的真正认可度,毕竟多数成员实际上是处于一种"多元无知状态"。在这种情况下,史诗所提示及强调的佛教思想即便只是居人口少数的宗教人士的意见,也会被社区成员当作"多数意见"来认知,这必然会引起"螺旋"的沉默转动。

"沉默螺旋理论"的重要理论前提就是持"少数"意见的人因为害怕陷入孤立而悄悄地产生与"多数意见"的趋同行为,这样可以防止自己成为舆论的对立面。在史诗的传播过程中,持有不同信仰的百姓往往会从"多数意见"——佛教思想的视角,对自己的不接受行为进行评估,思考是否有必要冒陷于孤立的风险来拒绝接受史诗传播。正如诺依曼所认为的,能否顺应"多数意见"或舆论导向是对一个人的道德规范和基本价值与社会是否相容的检验,它是一种"匿名的、无所不在的社会压力"，对人们的行为有着极大的制约作用。① 在某些情况下，普通百姓如果拒绝公认的"多数意见"——佛教文化，就等于自愿绝裂于社区生活。在吐蕃王朝大力提倡佛教的情况下，苯教徒如果想要保持自己的文化，只有转到偏远地区另行组成独立社区才有可能。因为只有在这里，苯教文化才是"多数意见"，才能够保持与社区意见和"多数意见"的一致，这可以作为一个典型的旁证来理解。

　　史诗所提示的"多数意见"主要是指宁玛派的信仰观点，当然其中也有民间的东西，这些在史诗的传播区域逐渐成为"多数意见"。社区受众群体对史诗所提示的"多数意见"的接受，一般来说会受制于三个方面的原因。第一，不接受多数意见从而导致的"被社会孤立的恐惧"受到受传者本人对相反意见的确信度的影响。传统社会中，藏族百姓文化整体水平低，对于宗教、伦理与道德等意识形态的事物并无太多的深入了解，因此他们只会出于实用主义来接受对其有用的信息。不同于职业宗教人士，后者具有较高的宗教修养，对宗教有着较为深入的研究，因而他们往往会坚持自己的观点与信仰，对所谓的"多数意见"不甚关注。因此，有些教派的部分僧人就对史诗的传播表现得不甚热情，而普通百姓则更为宽容。第二，"多数意见"对受众接受信息形成的压力具有领域性特征，尤其是在有关伦理道德、行为规范及宗教问题上，"多数意见"产生的压力对受众能够产生更大的压力。尽管《格萨尔》史诗包罗万象，但归根到底还是以传播佛教价值观与伦理道德为主要目的。因此，作为普通受众群体，尽管只是一些持不同教派思想的普通百姓，因为担心被宗教孤立，对史诗传播的价值观也不会过于排斥。此外，宗教对于普通百姓来讲不仅是信仰，也是生存的必要工具；而僧人则是宗教的从业者与护卫者，信仰对于他们而言极为重要。因此，宗教人士往往不会太在意什么"多数意见"，只要信息与其既有价值观存在差异，他们就会表现出抵制的倾向。

　　此外，"多数意见"对受众群体形成的压力还受社会传统、文化以及社会发展阶段的制约。一般情况下，在单一的民族国家或地区，在传统、保守的社会，容易形成有利于信息传播的社会文化环境。因为这种社会

---

① 吴文虎：《传播学概论》，武汉大学出版社2000年版，第281页。

的信息穿透力好,"多数意见"对受众群体能够产生较强的信息辐射力。藏族及其周边民族都受到藏文化的深刻影响,这就具备了形成"多数意见"所必需的文化同一性。传统的藏文化社区中,由于大众文化水平普遍较低,洞察力也不是很高,因此他们往往是乐于屈从"多数意见"以避免自己陷入孤立,这也是传统社会中普通大众进行自我保护的一条良策。

第三节 "培养"理论的视角

"培养"理论的基本观点是:社会要作为一个统一的整体一直存在和发展下去,就需要社会成员对该社会有一种"共识",也就是对社会中客观存在的、尤其是那些重要的事物以及各个事物之间各部分之间的关系要有大体一致或接近的共识,只有这样,人们的认识、判断和行为才会有共同的基准,社会生活才能实现协调统一。原始社会中,随着部落居民活动范围的扩大,急需有共同的社会经验予以支持,需要有大家认同的社会规范以保持行动的相对统一性。当一定的思想意识形态初步具备后,就需要有某种特定媒介来传播这种共识,只有这样才能使社区决策具有一定的权威性,人们的行动才能趋向一致。《格萨尔》史诗自觉地承担起了这一责任,传播了社会共识,促进了社会认同,推动了社会秩序的构建。

吐蕃王朝灭亡以后,藏族社会长期处于割据状态,人民的生存与生活受到很大影响,社会发展也极其缓慢。墨子在谈到传统社会治理时,认为必须通过共同的"政长"领袖来制定作为人类正当的行为而必须遵守的统一的"义",结束"一人一义"的、各是其义而非人之义的无规可循的混乱局面,社会才能有一定秩序,进而又提出"天下有义则治,无义则乱"。① 分裂的藏族社会显然缺乏整合社会的同一"政长"来结束"一人一义"的状态,于是相对同一的宗教文化与民间传统文化自然就填补了这一真空,代替"政长"来完成"培养"统一的"义"。其主要是通过对象征性事物的选择、加工、记录和传达活动向人们提供关于外部

---

① 王处辉主编:《中国社会思想史》,中国人民大学出版社 2009 年版,第 124 页。

世界及其变化的信息，用以作为社会成员认识、判断和行动的基础。因为缺乏人间"政长"，人民就凭借自己的集体智慧虚构出一个理想国中的君王；因为缺乏结束"一人一义"状态的手段，人民就发挥集体的文学才能创造出史诗；因为缺乏主识思想，僧侣就将经文道义置入佛教思想。这里，格萨尔王与史诗都是藏族人民选取的象征性事物，借以传播佛教思想来形成社会"共识"。《格萨尔》史诗不只是在叙述一个完整的英雄故事，还是一个缓和社会各异质体矛盾与冲突的"熔炉"，是维护既有现存制度的"文化武器"。在此意义上，《格萨尔》史诗的作用与现代大众传媒的作用几无二致。

　　《格萨尔》史诗之所以被选择成为传播宗教思想的文化手段，是有其独特的优势。第一，史诗艺人走南闯北，受众群体分散各地，数量庞大。有些艺人年长后则结婚生子长期居留某一特定社区，由于其高超的说唱水平，他们往往成为社区文化活动的主要参与者与倡导者，在史诗说唱领域的成就也会提高其在其他领域的身份与威望，使其有条件、有机会在社区中发挥更多的综合性功能。第二，就艺术类型来说，史诗的说唱活动是一个以吟唱为主、兼杂舞蹈的艺术形式，声情并茂，能够充分发挥视觉与听觉的综合功能，不需要借助文字就可产生强烈的视觉冲击力与现场感，是一种典型的传统"热传播"形式，具有较好的接受"性价比"。第三，社区群众长期浸染于《格萨尔》史诗的说唱活动氛围之中，在艺术生活形式较为单一的现实条件下，受众会对史诗说唱不自觉地产生依赖感，有些受传者听了一遍又一遍，并不生烦；社区百姓已经将史诗看成自己生活的一部分。果洛德尔文部落的群众就认为自己是格萨尔大王的后代，有些人甚至认为自己就是岭国某位英雄将军的转世，还有些地区与部落直至今日还在用史诗解释部落传统与历史。以上几点，恰恰是《格萨尔》史诗之所以被宁玛派僧人看中并倚之来传播宗教的重要原因。

　　在受传者看来，《格萨尔》史诗所描绘的这个虚构现实与客观现实没有什么根本区别，在整体文化水平不高的藏族传统社会里，受众很难将史诗中虚构的宗教成分区分出来，于是干脆就将虚构当作现实来接受，然而正是这种虚构承担了"培养"共识的主要任务。《格萨尔》的"培养效果"主要表现在推动藏族传统社会逐渐形成了共有的价值观。《格萨尔》史诗的传播内容具有特定的价值观与意识形态倾向，弘扬了藏传佛教的思想，主要是通过"描述事实"与"提供娱乐"的形式传达给受众，后者在潜移默化之中就形成了传播者所要求达到的现实观与社会观，"培养"过程就这样顺利实现了。

对受传者进行"培养"的过程实际上就是受众接受史诗的过程。一旦人们接受了史诗，对格萨尔"原型"的理想化就会长期存在于民间社会的集体无意识之中。藏族民间社区正是借助格萨尔这些具有符号象征意义的艺术资源，强化自身的存在感，从而在分享社区活动与宗教信仰方面占据有利地位，或者说是为了缓解社区生存和发展中所面临的认同缺失与文化压力。

本章小结

本章主要探讨和论述了《格萨尔》传播效果实现的机制原理问题。对《格萨尔》史诗的传播效果可以从多角度进行研究，会得出不尽相同的结论，正是这种多元解释深化了我们对史诗传播效果的理解。

"议程设置论"告诉我们，史诗自从与宗教结合以后，其内容与主题就已经被设计好。佛教思想是僧人介入史诗传播后预先设置的"议程"，正是这个"议程"为作为受众的百姓构建了一个洋溢着浓厚佛教意味的拟态环境，自此，凡是艺人所到之处，受众就沐浴在佛光的照耀之下。

"沉默的螺旋理论"阐明了史诗传播实际上就是一个"少数意见"潜移默化地服从"多数意见"的过程，其心理机制就是持"少数意见"者害怕陷入舆论孤立而顺从多数人的意见。该理论从微观层面解释了史诗为什么能够"制造"越来越多的受众，为什么能够为藏传佛教"拉"来如此多的信徒。当"螺旋"沉默转至顶端时，佛教思想在藏族社会最终确立了下来。

"培养理论"揭示了社会运行离不开社会共识的存在，共识不一定是"原生态"的，也可以采取"拿来主义"，《格萨尔》史诗中的共识就是外来的佛教思想，是典型的"拿来主义"。依据此理论，史诗受众是被"形塑"并"制造"出来的。《格萨尔》史诗的活形态说唱传播是一种典型的传统"热传播"形式,非常适合发展受众,"培养"信徒。

以上三个理论的意义不仅仅在于给我们提供了一系列从多视角考察《格萨尔》传播效果的理论工具,还在于它们更为深刻地为我们揭示了史诗传播效果的发生机制。

参考文献

一 中外书籍

诺布旺丹：《艺人、文本和语境——文化批评视野下的格萨尔史诗传统》，青海人民出版社2014年版。

[俄] E·M.梅列津斯基：《英雄史诗的起源》，王亚民、张淑民、刘玉琴译，商务印书馆2001年版。

[法] 石泰安：《西藏史诗与说唱艺人的研究》，耿昇译，西藏人民出版社1993年版。

[美] 乌尔利希·韦斯坦因：《比较文学与文学理论》，刘象愚译，辽宁人民出版社1979年版。

[美] 约瑟夫·坎贝尔：《千面英雄》，朱侃如译，金城出版社2012年版。

阿图、徐国琼、解世毅翻译整理：《格萨尔——加岭传奇之部》，中国民间文艺出版社（云南版），1984年版。

车文博：《人本主义心理学》，浙江教育出版社2003年版。

[法] 达维·妮尔整理、陈宗祥译：《岭超人格萨尔王传》（内部资料），西南民族学院民族研究所汇编。

佚名：《松巴与岭国之战》，邓珠拉姆、格桑曲批译，摘自《格萨尔史诗》资料小辑（七），四川省《格萨尔》工作领导小组办公室编。

董璐编著：《传播学核心理论与概念》，北京大学出版社2008年版。

《格萨尔学集成（一）》，甘肃民族出版社1990年版。

《格萨尔研究（2）》，中国民间文艺出版社1986年版。

《格萨尔研究》（第四辑），内蒙古大学出版社1989年版。

降边嘉措：《格萨尔论》，内蒙古大学出版社1999年版。

降边嘉措、吴伟编写：《格萨尔王全传》，宝文堂书店出版1987年版。

《旧唐书卷一百九十六·吐蕃》。

［英］凯伦·阿姆斯特朗：《神话话简史》，重庆出版社 2005 年版。

土观·罗桑却季尼玛：《土观宗派源流》，刘立千译注，西藏人民出版社 1984 年版。

罗小平、黄虹：《音乐心理学》，上海音乐学院出版社 2008 年版。

彭兆荣：《人类学仪式的理论与实践》，民族出版社 2007 年版。

乔健编著：《印第安人的诵歌》，广西师范大学出版社 2004 年版。

青海省文联搜集翻译编印：《格萨尔王传——赛马称王之部》（内部资料），1959 年 11 月，北京。

［美］斯蒂芬·布鲁姆等著：《民族音乐学与现代音乐史》，人民出版社 2009 年版。

王处辉主编：《中国社会思想史》，中国人民大学出版社 2009 年版。

王辅仁编著：《西藏佛教史略》，青海人民出版社 2005 年版。

王立：《中国文学主题学——江湖侠踪与侠文学》，中州古籍出版社 1995 年版。

王兴先：《格萨尔论要》（增订本），甘肃民族出版社 2002 年版。

王兴先主编：《格萨尔文库（一）》，甘肃民族出版社 1996 年版。

王兴先主编：《格萨尔文库（一）》，甘肃民族出版社 2000 年版。

佚名：《格萨尔王传（贵德分章本）》，王沂暖、华甲译，甘肃人民出版社 1981 年版。

吴伟：《〈格萨尔〉人物研究》，群言出版社 1996 年版。

吴文虎：《传播学概论》，武汉大学出版社 2000 年版。

［美］谢克纳：《人类表演学系列〈谢克纳专辑〉》，文化艺术出版社 2010 年版。

徐国琼著：《〈格萨尔〉考察纪实》，云南人民出版社 1993 年版。

杨恩洪：《民间诗神——〈格萨尔〉艺人研究》，中国藏学出版社 1995 年版。

佚名：《征服雪山水晶国》，意希泽珠、许珍妮译，摘自《格萨尔史诗》资料小辑（五），四川省《格萨尔》工作领导小组办公室编。

扎西东珠、王兴先编著：《〈格萨尔〉学史稿》，甘肃民族出版社 2002 年版。

章志光主编：《社会心理学》，人民教育出版社2008年版。

二 论文

降边嘉措：英雄史诗《格萨尔》的流传和演变，《山茶》1984年第2期。

杨恩洪：《格萨尔》说唱形式与苯教，《西藏研究》1991年第3期。

杨恩洪：《〈格萨尔〉艺人论析》，《民间文学论坛》1988年第3期。

诺布旺丹：《原初意义上的〈格萨尔〉历史叙事》，《西藏研究》2020年第4期。

诺布旺丹：《〈格萨尔〉史诗集体记忆及其现代性阐释》，《西北民族研究》2017年第3期。

徐国琼：《试论〈格萨尔〉"仲肯"的"博仲"》，《民间文学论坛》1986年第1期。

徐国琼：《再论〈格萨尔〉艺人的"神授说"》，《山茶》1988年第3期。

王映川：《〈格萨尔〉史诗的神话传统与宗教关系》，《西藏研究》1982年第2期。

王哲一：《〈格萨尔〉结构形式和结构功能考察》，《格萨尔研究》第2辑。

丹曲：《论藏传佛教寺院在传播史诗〈格萨尔〉中的作用》，《西藏研究》2005年第2期。

黄灏：《藏文史书中的格萨尔》，《西藏研究》1985年第1期。

马成富：《白马藏族〈阿尼·措〉、〈阿尼·格萨〉、嘉绒藏族〈阿尼·格东〉与英雄史诗〈格萨尔〉对比研究》，《西藏艺术研究》2007年第3期。

后　　记

　　藏族英雄史诗《格萨尔》是中华民族的艺术瑰宝，博大精深，魅力无穷，体现了中华民族的诗性智慧。我虽多年从事格萨尔学的学习与探究，但总觉有些肤浅。长期以来，我始终抱有一种愿望，那就是深入探究《格萨尔》的传播之谜及其之所以成为今日皇皇巨作之奥妙。十年前，我就着手尝试这一工作，经几载努力，终于成稿。

　　诺布旺丹研究员学术视野开阔，知识渊博，引领了当代格萨尔学的发展。在拙作的写作过程中，旺丹老师为我提出了很多宝贵的建议。更令我感动的是，老师还为我多次提供了深入青藏高原格萨尔文化核心地区开展田野调查的机会，这使我的研究过程能够"身临其境"。老师对格萨尔事业的忘我与执着令我感动，更一直在激励着我。我对旺丹老师的支持与帮助深表谢意！

　　王兴先研究员是我的恩师，先生虽已仙逝，但风范永存。先生学问精深，治学严谨，诲人不倦，让我终身受益。先生曾赠我一幅字：为学贵在坐得住；话很简单，深得要领却不易。先生是20世纪60年代最早到西藏阿里地区工作的大学生之一，在阿里高原腹地改则县工作几十年，条件异常艰苦，但很乐观，直到20世纪80年代内调。师母20世纪60年代毕业于北京大学物理系，今年春节我给师母拜年时，老人家说起王先生在改则县的工作与生活，依然记忆犹新，恍如昨日。那个时代，先生与师母对边疆建设的深厚情怀一直是我前行的动力。感恩王老先生，也衷心祝愿师母身体安康，吉祥幸福！

　　王平教授学养深厚，要求严格，在写作过程中我经常向他请教，王老师就一些具体问题提出了宝贵的修改意见。王老师还关心我的成长，鼓励我要"每天都写点"。谆谆教诲使我受益匪浅，感谢王平教授！

出版社的张潜老师为拙作的顺利出版颇费心力，敬业精神令我感动，顺表谢意！

我唯一的外甥女张菡是位美丽聪慧的女孩，大学期间她就对我从事的格萨尔研究颇感兴趣，让我为她找一些汉文译本阅读，没想到孩子竟与格萨尔学结缘，后几经努力考取了格萨尔学硕士研究生，却在新生报到的前几天不幸离世，万分痛惜！拙作也算是舅舅对外甥女表达的一份追思吧！

我国的格萨尔文化事业近些年取得了很大成就，日新月异，成果丰厚。由于本人常忙于他事，书稿中未能更多吸收一些学界最新的研究成果与田野资料，实属遗憾。鉴于本人水平所限，书中尚存在其他不足，也有的观点有待商榷，还请各位专家与读者朋友多提宝贵意见，在此一并表示感谢！

王景迁

2022 年 6 月